ノーブルウィッチーズ
NOBLE WITCHES
NOBLE WITCHES
Shimada Humikane & Projekt World Witches
The world had received the attack from the existence of the mystery that appeared suddenly.
Only girls who have magic can fight against them. They install arms in an own body.
and fight in the sky, the land, and the sea. Fights of girls who defend the world start now.
JN211777

ハインリーケ・プリンツェシン・ツー・ザイン・ウィトゲンシュタイン

Flight lieutenant
HEINRIKE PRINZESSIN ZU SAYN-WITTGENSTEIN
Birthplace : Karlsland　Height : 163cm　Familiar : Black Cat

階　級	大尉
出　身	帝政カールスラント
所　属	カールスラント空軍
身　長	163cm
誕生日	8月14日
年　齢	16歳（1944年末時点）
使い魔	黒猫
使用機材	ユングフラウ Ju88C-6 C9+DE号機
使用武器	MG151/20

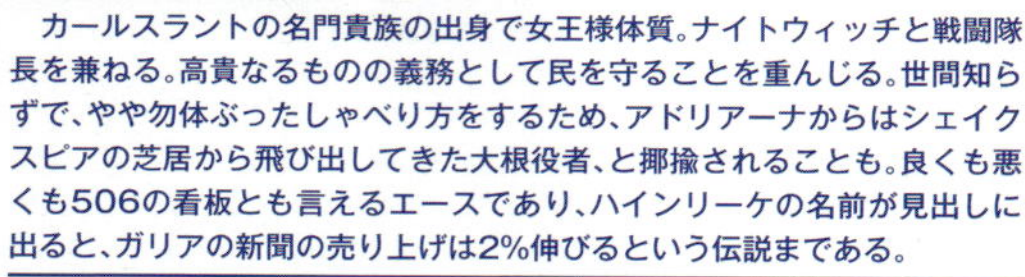

カールスラントの名門貴族の出身で女王様体質。ナイトウィッチと戦闘隊長を兼ねる。高貴なるものの義務として民を守ることを重んじる。世間知らずで、やや勿体ぶったしゃべり方をするため、アドリアーナからはシェイクスピアの芝居から飛び出してきた大根役者、と揶揄されることも。良くも悪くも506の看板とも言えるエースであり、ハインリーケの名前が見出しに出ると、ガリアの新聞の売り上げは2%伸びるという伝説まである。

黒田那佳

Flying officer
KUNIKA KURODA
Birthplace : Fuso　Height : 158cm　Familiar : Shiba Inu

階　級	中尉
出　身	扶桑皇国
所　属	扶桑皇国陸軍
身　長	158cm
誕生日	9月17日
年　齢	15歳（1944年末時点）
使い魔	柴犬（黒毛）
使用機材	メッサーシャルフ Bf109-K4
使用武器	ホ103、MG42

扶桑の旧大名家である名門華族、黒田侯爵家の養子となった貧乏分家の娘。故郷の宮崎と家族、そして何よりお金を愛するちゃっかり屋のプチ守銭奴。このところのガリアのインフレに、憤りを覚えているとかいないとか。お調子者だが、いつも明るく笑顔で憎めない性格。扶桑を発つ際にひと通りの礼儀作法の教育は受けてきているが、身についているかはいささか疑問。好物は冷や汁とガネ、あんみつ。リベリオンの怪奇映画のファン。

ロザリー・ド・エムリコート・ド・グリュンネ

Squadron leader
ROSALIE DE HEMRICOURT DE GRUNNE
Birthplace : Gallia　Height : 159cm　Familiar : Bichon Frise

階級	少佐
出身	ガリア共和国
所属	ブリタニア空軍
身長	159cm
誕生日	11月18日
年齢	19歳（1944年末時点）
使い魔	ビション・フリーゼ
使用機材	ウルトラマリン スピットファイアMk.22
使用武器	ブレンMk.IV

ガリアとベルギカの伯爵家の跡取りで、遠縁ではあるがブリタニア王室の王位継承権も持つ貴族。問題児たちを抱え、気苦労の絶えない名誉隊長。ウィッチとしては年齢的な限界に達しつつあり、実際の戦場での指揮はハインリーケに任せている。生真面目故に、割を食うタイプで、神経性胃炎の傾向あり。先頭に立ってウィッチたちを引っ張るタイプのリーダーではないが、ロザリーに会って好印象を抱かずにいられる者はいない。

アドリアーナ・ヴィスコンティ

Flight lieutenant
ADRIANA VISCONTI
Birthplace : Romagna　Height : 175cm　Familiar : Caracal

階級	大尉
出身	ロマーニャ公国
所属	ロマーニャ空軍
身長	175cm
誕生日	11月11日
年齢	18歳（1944年末時点）
使い魔	カラカル
使用機材	マキネッテ MC.205ヴェルトロ
使用武器	フリーガーハマー 他

過去にはミラノ公を輩出した程のロマーニャの名家出身。気が強く、似た性格のハインリーケとぶつかることもしばしば。度重なる命令無視と軍規違反のために、厄介払いで飛ばされて来たとの噂あり。506の水が合うのか、こちらに来てからは問題行動はなりを潜めている。ロマーニャ貴族であるためか、食に関しては一家言を持ち、基地のシェフも新メニューの試作の際には必ずアドリアーナの意見を聞くことにしている。

イザベル・デュ・モンソオ・ド・バーガンデール

Pilot officer
ISABELLE DU MONCEAU DE BERGENDAL
Birthplace : Belgica　Height : 162cm　Familiar : Bouvier Des Flandres

階級	少尉
出身	ベルギカ
所属	ブリタニア空軍
身長	162cm
誕生日	12月10日
年齢	16歳（1944年末時点）
使い魔	ブービエ・デ・フランダース
使用機材	ウルトラマリン スピットファイアMk.22
使用武器	ボーイズ対装甲ライフル、Mle1930 他

ウィッチであることが露見して国家の思惑に翻弄されることを恐れた両親により、男子として育てられたベルギカ貴族の少女。男子らしく見えるようにハンティングを教え込まれたため、狙撃の腕は確か。母国陥落の後、ブリタニア空軍に所属。そのジョークの破壊力はメガトン級。幼い頃、城館の図書室でひとりで過ごすことが多かったため、文学への造詣は深い。現在、夕食後のデザート84年分の貸しを黒田中尉に作っている。

ジーナ・プレディ

Wing commander
GEENA PREDDY
Birthplace : Liberion　Height : 167cm　Familiar : Northern Goshawk

階　級	中佐
出　身	リベリオン合衆国
所　属	リベリオン陸軍
身　長	167cm
誕生日	2月5日
年　齢	19歳（1944年末時点）
使い魔	オオタカ
使用機材	ノースリベリオン P-51D
使用武器	AN/M2重機関銃

クハネック軍曹が身の回りの世話をするようになってから、その美しさに磨きがかかったと評判のB部隊隊長。趣味はクロスワードパズル。以前は「アンラッキー・プレディ」のふたつ名で呼ばれることもあったが、クハネック軍曹が整備を担当するようになり事故と故障は激減した。朴訥で取っつきにくい印象を与えるが、部下の面倒見はいい。現在、ファッション雑誌『VOGUE』の編集長が、ジーナの写真で表紙を飾ろうとガリア軍上層部と交渉中。

マリアン・E・カール

Flight lieutenant
MARIAN E CARL
Birthplace : Liberion　Height : 166cm　Familiar : Quarter Horse

階　級	大尉
出　身	リベリオン合衆国
所　属	リベリオン海兵隊
身　長	166cm
誕生日	11月1日
年　齢	17歳（1944年末時点）
使い魔	クォーターホース
使用機材	ノースリベリオン XP-51G
使用武器	M1919A6、M2重機関銃 他

見た目は清楚な御令嬢だが、大家族農家の生まれで口の悪さと貴族嫌いは折り紙付き。とはいえ最近は那佳の影響で、露骨な貴族批判は控えめになりつつある。特別任官を断り、正規の教育と試験を受けて任官した叩き上げの努力家。熱いスピード狂でもあり、親交のあるイェーガー大尉の記録を抜こうと、自らの機械工学と航空力学の知識を生かして、整備班とともに日夜ストライカーユニットの調整に励んでいる。

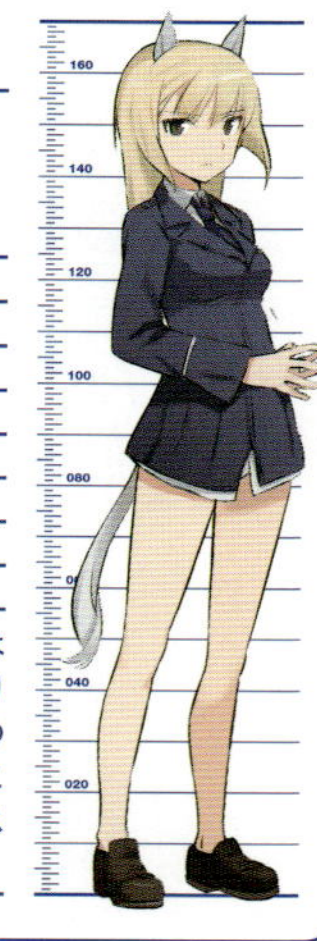

ジェニファー・J・デ・ブランク

Flight lieutenant
JENNIFER J DE BLANC
Birthplace : Liberion　Height : 162cm　Familiar : Spanish Greyhound

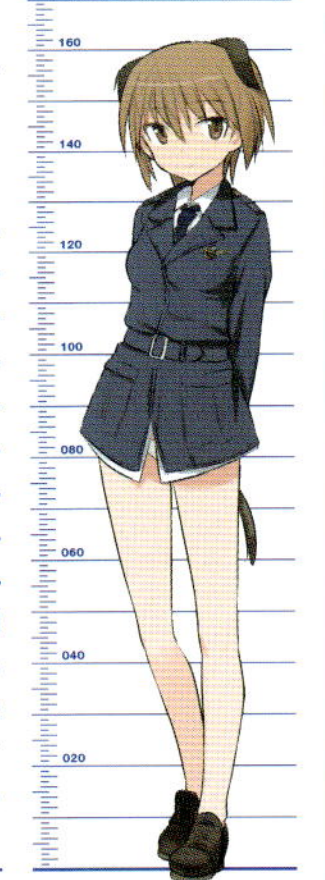

階級	大尉
出身	リベリオン合衆国
所属	リベリオン海兵隊
身長	162cm
誕生日	2月15日
年齢	16歳（1944年末時点）
使い魔	スパニッシュグレーハウンド
使用機材	グラマー F7F-3N
使用武器	AN/M2重機関銃、HS.404 他

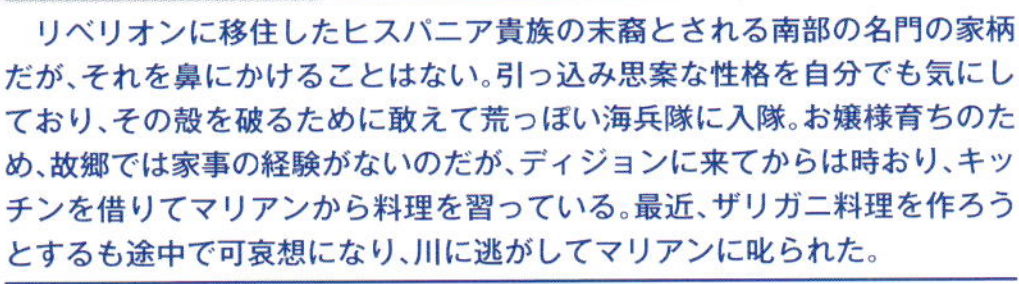

リベリオンに移住したヒスパニア貴族の末裔とされる南部の名門の家柄だが、それを鼻にかけることはない。引っ込み思案な性格を自分でも気にしており、その殻を破るために敢えて荒っぽい海兵隊に入隊。お嬢様育ちのため、故郷では家事の経験がないのだが、ディジョンに来てからは時おり、キッチンを借りてマリアンから料理を習っている。最近、ザリガニ料理を作ろうとするも途中で可哀想になり、川に逃がしてマリアンに叱られた。

506th JOINT FIGHTER WING B-team

カーラ・J・ルクシック

Flying officer
CARLA J LUKSIC
Birthplace : Liberion　Height : 157cm　Familiar : Maine Coon

階級	中尉
出身	リベリオン合衆国
所属	リベリオン陸軍
身長	157cm
誕生日	6月20日
年齢	16歳（1944年末時点）
使い魔	メインクーン
使用機材	ノースリベリオン P-51D
使用武器	M2重機関銃（水冷モデル）

ブリタニアに駐留していたため、B部隊では一番欧州の生活に溶け込んでおり、午後のお茶会ではまるで生まれながらの貴婦人のように振る舞うこともできる。カップには紅茶より先にミルクを注ぎ、スコーンにはジャムを塗ってからクロテッド・クリームをたっぷりと盛りつけるタイプだが、実はコーラを愛してやまないハワイ生まれのいたずら好きな元気娘。那佳とは何故か初対面で意気投合、別れ際に大切なコーラを持たせた。

506th JOINT FIGHTER WING B-team

ビームが集中するが、那佳は
舞い散る木の葉のように
ヒラヒラとこれを躱し続ける。

第506統合戦闘航空団
黒田那佳
「へへ〜んだ！
当ったらないよ〜！」

「……隊長、私、格好悪いよね？」
第506統合戦闘航空団
ジーナ・プレディ
ジーナは黙って、
その背中に手を回した――。
第506統合戦闘航空団
カーラ・J・ルクシック

ノーブルウィッチーズ6

第506統合戦闘航空団 疑心！

原作：島田フミカネ&Projekt World Witches
著：南房秀久

角川スニーカー文庫

20285

飯沼俊規

illustration: 島田フミカネ

design work: 沼 利光（D式 Graphics）

NOBLE WITCHES 6
Shimada Humikane & Projekt World Witches

CONTENTS

イラスト：島田フミカネ、飯沼俊規
Illustration : Humikane Shimada / Toshinori Iinuma
design work : Toshimitsu Numa（D式 Graphics）

我らガリアの子
作詞・作曲 黒田那佳
遥かに想う凱旋門
魔女（ウィッチ）たちの銃後の護り
小さな胸に誓いつつ
高く掲げる三色旗
憂国の思いを秘めた少国民
いざや進まん歓呼とともに
嗚呼 我ら『ガリアの子ら』
嗚呼 我ら『ガリアの子ら』

NOBLE WITCHES 6
Shimada Humikane & Projekt World Witches
STORY
ガリアの子――。
それは、第506統合戦闘航空団
支援のために組織された、
司令部直属の後方部隊である。

NOBLE WITCHES
Shimada Humikane & Projekt World Witches

WORLD

1. 扶桑皇国
2. リベリオン合衆国
3. ブリタニア連邦
4. ガリア共和国
5. 帝政カールスラント
6. ロマーニャ公国
7. ベルギカ
8. ヒスパニア

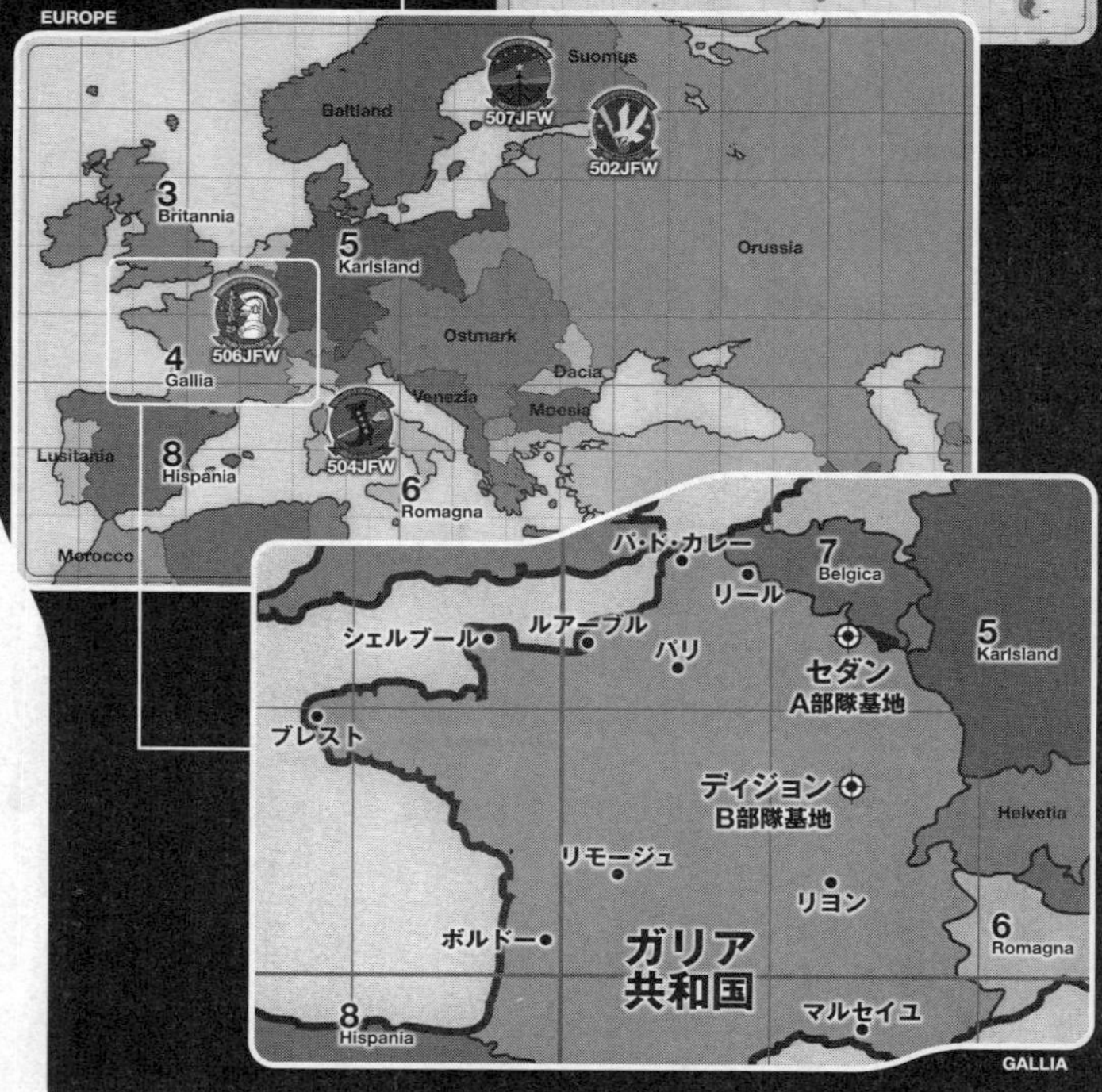

催眠術の軍事部門への導入の有用性については、もはや疑問の余地はないだろう。催眠術は新兵を古参兵に、古参兵を英雄へと開花させる。そしてもしも！　もしも、催眠術をウィッチに施すことが可能となれば！　世界に冠たるカールスラントの欧州における指導的地位は不動のものとなろう！　カールスラントに栄光あれ！

応用心理学者M・マブゼ

（逮捕直前のミュンヘン大学における講演より）

屈服

プロローグ
PROLOGUE

第５０６統合戦闘航空団のセダン基地は、市内からはやや離れた郊外の田園地帯に位置している。設立当初、格納庫、武器弾薬庫、滑走路、一般兵舎、ウィッチ兵舎とそれに付随するブリーフィング・ルームなど、隊長執務室以外のほとんどの施設が、ここに置かれていたものの、執務室だけはセダン市庁舎に近い市内のシャトーに設けられていた。

今、元名誉隊長ロザリー・ド・エムリコート・ド・グリュンネ少佐は、書類整理のために訪れていた旧執務室――現ゲスト・ハウス――を発ち、軍用バイクＤＫＷ・ＮＺ３５０を疾走させ、セダン基地へと向かっていた。

南西方面から飛来した不審機が、セダンに向かって飛行中との報告を受けてのことだ。

「続報を」

ロザリーはインカムを通じて基地のレーダー室と連絡を取る。

『輸送機のようなのですが、どこの基地からもこちらに向かうとは連絡が来ていません』

ベテランのレーダー監視員がロザリーに報告する。

「スナークでもないのね？」

ロザリーは再度確認する。

スナークというのは、闇商人のハリエット・ライムが、独自の伝で不足がちな物資をそれなりの金額で供給してくれる時に使用するコード・ネームだ。

『はい』

と、レーダー監視員。

『依然、こちらの呼びかけには反応しません』

「……パリの司令部に確認を」

こうした不測の事態は過去に何度もあった。だが、今回は特別。

ロザリーの胸に、そうした言いようのない、漠然とした不安が生まれつつあった。

『はい』

レーダー監視員は迅速に対応すべく、いったんロザリーとの通信を切った。

この時点では——

ロザリーにはまだ、全ウィッチを召集すべきかどうか、迷いがあった。

市の公民館に映画を見に行っているウィッチたちにとっては、今日は久々の休暇であり、基地にはまだアドリアーナが残っている。それに、不審機といっても輸送機である。

(ただの杞憂で終わって欲しいところだけど……)

ロザリーはまだ、自分が致命的な間違いを犯したことに気がついていなかった。


「猫が、猫が～」

ハインリーケ・プリンツェシン・ツー・ザイン・ウィトゲンシュタイン大尉――数日後には少佐になる――は、カフェのテラス席のテーブルに突っ伏したまま、呻き続けていた。

セダン市公民館で上映されていた映画は、扶桑の化け猫モノの怪奇映画。

実はハインリーケ、この手の映画への耐性がゼロだったようで、公民館を出て以来、ずっとこの調子なのである。

「このまま、置いてく?」

面倒になったのか、イザベル・デュ・モンソオ・ド・バーガンデール少尉は黒田那佳中尉に顔を寄せて提案した。

「……ここの払い、大尉ってことなら」

この悪巧みに、那佳は同意の意向を示す。

「じゃあ、もう少し――」

「余計に注文しますか？」

イザベルと那佳がニッと笑い、ギャルソンを呼び寄せようと手を挙げたその時。

低いエンジン音とともに、黒い不審機がセダン上空に姿を現した。

「えっ、何？」

ハッチが開き、次々と何かが飛び出してきた。

それが人間――降下兵――であると那佳たちが気づいたのは、パラシュートが空にその花を開いてからのことだった。

「降下してきたよ」

と、目を細めるイザベル。

少なくとも、こんな訓練があることをイザベルも那佳も耳にしてはいない。

ロザリーが連絡ミスをすることはないだろうし、訓練があるのなら、こうして休暇をもらえるはずもない。

「うわあ、空の神兵みたい」

額に手をかざして空を見上げる那佳が呟（つぶや）く。

「何、それ？」

イザベルが振(ふ)り返って眉(まゆ)をひそめる。

「海軍落下傘(らっかさん)部隊の歌だよ。3年くらい前に、扶桑で大ヒットした」

「出ました、扶桑ローカル・ネタ」

イザベルは肩(かた)をすくめ、周囲を見渡(みわた)した。

「おやおや、物騒(ぶっそう)な」

「訓練ですかねえ」

ネウロイ来襲(らいしゅう)の警報は、今のところ発せられていない。

那佳たちと同じように空を見上げる市民たちの反応も、暢気(のんき)なものだ。

「1、2、4……全部で13？」

イザベルは椅子(いす)から腰(こし)を上げ、降下してくるパラシュートの数を数える。

「私、ちょっと見てくる！　大尉のこと、よろしく！」

那佳は一番近い降下兵の方に向かって走り出した。

「あ」

イザベルには止める間さえなかった。

「……どうしよ、この人？」

イザベルは、いまだに呻き続けているハインリーケを見下ろし、途方(とほう)に暮れた。

「えっと……こっち！」

降下兵のほとんどは、郊外の基地の方に向かって降下しているが、少なくとも数名は市内に降りつつあった。

那佳はその落下地点のひとつを目指し、路地をジグザグに進む。

「……いた！」

那佳はちょうど、降下兵が降り立った瞬間にその場に到着した。

驚いたことに、降下兵は那佳よりもずっと小柄である。

「ウィッチと遭遇。黒田那佳中尉と確認」

澄み切った声が呟くように言った。

おそらく、誰かとインカムで通信を交わしているのだ。

「周囲に市民の姿なし」

降下兵はパラシュートのストラップを外し、ヘルメットを脱いだ。

金髪がフワリとなびき、幼い、無表情な顔が那佳に向けられる。

「子供？」

那佳の脳裏をよぎったのは、ド・ゴール将軍暗殺未遂の時に刺客となった少女たちのことだった。

インカムを通じての指令に、少女の手にしたM3短機関銃の銃口が那佳に向けられる。

「了解」

「！」

一方の那佳は丸腰。

だが、たとえ銃を携帯していたとしても、年端もいかない少女に向けることはできなかっただろう。さらにキーラの一件以来、こと相手が人間となると、まともにシールドを張れる確信はまだない。

その時。

『黒田さん！』

那佳の耳のインカムから、ロザリーの緊張した声が聞こえてきた。

『至急、基地に帰投して！　いい、至急よ⁉』

「ミッション、続行」

少女は何かを確認するように感情のない声を発すると、M3のトリガーを絞った。

「少佐！　敵の急襲です！」

ロザリーが基地に到着すると、正面ゲートの衛兵が報告した。

銃声が格納庫の方から聞こえてくる。

「ネウロイなの⁉」

民間機に擬態したネウロイ。

ヘルメットを取ったロザリーの頭に、最初に浮かんだのはそれだった。

「いえ、それが――」

衛兵は口ごもる。

「降下してきたんです、その、子供たちが」

「子供たち？」

ロザリーは思わず聞き返していた。

「はい、現在交戦中、というか、一方的に攻撃を受けているようです」

衛兵は頷いた。

「子供相手にどうしろって言うの？」

ロザリーは困惑の表情を浮かべて呟くと、ヘルメットを被り直して銃声が響きわたる格納庫へと向かった。

その頃、セダン市内では――

「あ、危ないなあ」

威嚇射撃をしてきた少女を見つめながら、那佳が両手を上げていた。

「当たったらどうするの？」

少女が放った銃弾は石畳を削り、街路樹のプラタナスの幹に傷をつけた。

「あり得ない。現時点では、命中させろという命令は受けていない。『ガリアの子ら』は、命令にない行動を取ることを許されていない」

少女は那佳に銃口を向けたままそう答えると、耳のインカムでどこかと連絡を取る。

「こちら13号。目標を捕捉。指示を待つ」

「その制服、ガリア兵だよね？　どこの所属？　ウィッチなの？」

那佳は質問をした。

とそこに。

「あらあら、那佳ちゃんじゃないの？」

たまたま通りかかったのであろう。

五十代と思われる、恰幅のよい女性が那佳たちに近づいて、声をかけてきた。

那佳がよく通う日曜の露天市で、焼き菓子を売っているおばさんだ。

「おばさん、危な――」

「現在、ネウロイの奇襲を想定しての特別訓練を実施しております」

危険を告げようとする那佳を遮り、13号と名乗った少女は笑顔をおばさんに見せる。

「そんな話、聞いてないけどねえ」

おばさんは頬に手を当てて眉をひそめた。

「なにぶん、奇襲に対する訓練ですので。市民のみなさんにはご迷惑をおかけしますが、後ほど、市当局より説明があります」

13号はすらすらと説明する。

「まあ、そういうことなら頑張ってね。はい」

おばさんは手にしたバスケットからガレットを出し、那佳と13号に手渡して去っていった。

「ご協力、感謝いたします」

少女はその背中に向かって敬礼する。

「あの～」

おばさんの姿が消えると、那佳はポケットにガレットを仕舞い、話を続けながら13号の方に歩み寄る。

「さっき、基地に戻れって少佐から命令がきたんだよね。戻らないと怒られるんだけど。あ、別に怒られるのを心配してるんじゃなくて、ほら、罰金とか取られたらって考えちゃうと――」

「止まれ」

13号はガレットを石畳の上に捨て、照準をピタリと那佳の眉間に定めた。

「インカムを外せ。お喋りは自由だが、それ以上近づけば射殺する。ちなみに命令に逆らった場合は射殺することが許可されている」

「一歩も動きません」

那佳は足を止め、耳からインカムを取り外してから尋ねた。

「……でも、君が捨てたガレット、拾っていい？」

その頃、格納庫では――

「子供だよな？　私の目がおかしくなった訳じゃないな？」

簡易ハンガーの陰に身を潜めながら、アドリアーナ・ヴィスコンティ大尉は鉄骨で支えられた天井を見上げてため息をついていた。

格納庫を強襲した少女は6人。

武器を携帯していない整備班員たちはたちまち隅に追いつめられ、簡易休憩所にいたアドリアーナと、ニューヨーク市警から（無断）出向中のサマンサ・スペード刑事も現状を把握するのがやっとだ。

「射撃をやめろ！　手を上げて所属を！」

整備班員が裏返った声で呼びかけたが、答えは銃弾で返ってきた。

「反撃していいのか？」

事件を追ってセダンに来ていた、サマンサがS&Wをホルスターから抜きながらアドリアーナに尋ねる。

「相手は子供だぞ、撃てるか？」

「だよな」

ふたりは顔を見合わせ、首を振った。

と、そこに。

「状況は？」

ロザリーが簡易休憩所側から合流してきて、ふたりに確認した。

「襲撃を受けてるのは、ここととレーダー室、それに隣接する無線室だ」

と、アドリアーナ。

「レーダー室と無線室はすでに制圧されたみたいだ。連絡がつかない」

サマンサが補足する。

「ここは任せるわ。私はレーダー室へ」

ロザリーは後退し、裏手からレーダー室を目指した。

「任せるって言われても」

「取り敢えず、注意は引いておくか」

アドリアーナとサマンサは、天井に向けた拳銃のトリガーを立て続けに絞る。

「勘弁してくださいよ～、屋根ぇ修理すんの、あたしらなんですから」

その横で、整備班長が頭を抱えていた。


バンッ！


「少佐、ご無事で!?」

ロザリーがワルサーを手にドアを蹴ってレーダー室に飛び込むと、レーダー監視員の主任がホッとしたような表情を見せた。

「あなたたちも無事だったのね？　よかった」

ロザリーは拳銃をホルスターに納めた。

「女の子たちの襲撃を受けたんですが、10分ほどで撤退していきました」

主任はここで起こった出来事を説明する。

「撤退？」

ロザリーは眉をひそめた。

「格納庫を襲った別動隊と合流したのでは？」

と、主任。

「……ええ、そうかも知れないけど」

ロザリーは少し考え込んでから質問する。

「あの子たちを連れてきた輸送機、どこから来たのか、分かる？」

「どこの基地から発進したのかまでは分かりませんが、方向的にはパリ方面かと」

監視員のひとりが眉間にしわを寄せて報告した。

「……司令部との連絡は？」

ロザリーは、隣の無線室からやってきた連絡員に目をやった。

「一時中断しましたが、すぐにつなげられます。こちらで出ますか？」

「じゃあ、お願――」

ロザリーが司令部との回線を開かせようとしたその時。

『グリュンネ少佐、こちらバーガンデール少尉』

セダン市内のイザベルの声が、インカムに飛び込んできた。

『輸送機が飛来して、知らない部隊が降下したみたいだけど、どうなってるの？　状況がぜんぜんつかめないんだけど？』

「ウィトゲンシュタイン大尉と黒田中尉は？」

ロザリーは聞き返す。

『黒田さん――黒田中尉は降下してきた人たちを捜しに行って、ウィトゲンシュタイン大尉は中尉を捜しに行ったよ。二重遭難だね』

「市内にも降下したのね？」

『うん。3人、かな？　もしかして、そっちにも？』

「ええ。黒田中尉のことはウィトゲンシュタイン大尉に任せて、あなたはこちらに合流して」

『了解』

ロザリーはイザベルとの通信を終えると、改めてレーダー室の無線からパリと連絡を取る。

「パリ、こちら第506統合戦闘航空団セダン基地、ロザリー・ド・エムリコート・ド・

グリュンネ少佐」

『やあ、少佐』

聞き覚えのない声が、朗らかな調子でロザリーに答えた。


一方。

「黒田！　どこじゃ！」

ハインリーケはセダン市内を走り回りながら、インカムでずっと那佳に呼びかけていた。

「ええい、連絡がつかぬ！」

返答がないのだから、あちこち捜してみるしかない。

「失礼！　素っ頓狂な顔をした扶桑人を見なかったか!?」

ハインリーケは片っ端から歩行者を捕まえて尋ねてみる。

「ああ、那佳ちゃんかい？　今日は見てないなあ」

「那佳ちゃんなら、この前、リンゴを値切ってるところを見ただけだねえ」

「那佳ちゃんかあ？　昨日は肉屋でソーセージ１本おまけに付けろって粘っていたけどねえ」

どうやら那佳を知らない市民はいないようだが、つい今し方見たという人間はいないようである。

「……にしてもあのうつけめが！　目撃情報が値切っておるか、おまけをせがんでおる場面ばかりではないか⁉」

ハインリーケの頰がピンクに染まるが、これは羞恥と怒りが相まって生まれた色だ。

「そう言えば、さっき銃声が聞こえたような」

23人目に声をかけた中年男性が、ハインリーケの質問にそう答えた。

「どちらの方向じゃ⁉」

男性が指さした方向に向かって、ハインリーケは走り出した。


「ねえ、聞いていい？」

那佳は13号に尋ねていた。

「君ってもしかすると王党派の人？　前のキーラさんみたいに？　あっ、キーラさんって知らないか？　ガリア情報部の人になりすましてこのセダンに――」

「知っている」

13号は素っ気なく答える。

「何か、ぜんぜん感じ違うね、キーラさんとは。あの人、すぐにカッとなるんだよ」

那佳は人差し指で頭の上に角を作って見せる。

「この間も、『黒田、私を怒(おこ)らせるのはお前だけだ』って言われたけど、そんなことないよねえ？　あの人、絶対カルシウム足りないよ」

「…………」

13号は完全無視の姿勢だ。

「ねえ、名前は？　名前ぐらいなら教えてくれてもいいでしょ？」

「我らは『ガリアの子ら』。我が父は豊かなるガリアの大地、我が母は優美なるガリアの文化」

13号はこの問いかけには答える。那佳にはその声が、まるで何か与(あた)えられた文章を暗唱しているように聞こえた。

「ガリア、我が喜び」

「……その言葉、前にも聞いた」

那佳の顔から笑(え)みが消える。

13号はインカムを通じ、また誰(だれ)かと連絡(れんらく)を取った。

「こちら13号、フェイズⅡに移行。カウントダウンに入ります」

『そちらの状況は知っているよ、少佐。彼女たちを送り込んだのは私だからね』

レーダー室のスピーカーを通じ、陽気な声が続けた。

「……あなたは？」

ロザリーは無線の相手に尋ねていた。

現在、回線が繋がっているのは、パリの自由ガリア軍司令部に間違いない。

だが、今、耳にしている声は、ロザリーが知っている上層部の面々の誰のものとも違っていた。

むろん、全員を知っている訳ではないのだが。

『私のことは教授と呼んでもらおう』

声は答える。

「……こうして話すのは初めてね？」

ロザリーは自分の唇が乾くのを感じた。

対面したことはないが、王党派の幹部『教授』の名前はロザリーの胸に深く刻まれている。

第501統合戦闘航空団ストライクウィッチーズの活躍によるガリア解放以降、共和制を取ろうとする自由ガリア政府と中世以来の旧体制の復興を目指す王党派との対立が王党派は、貴族で構成される506を支配下に置こうと何度も工作を仕掛けてきていた。

セダンとディジョンでの爆破事件。

ジェニファー・J・デ・ブランク大尉の拉致。

そして、ド・ゴール将軍暗殺未遂。

そのすべての背後にいた男こそが、この『教授』なのだ。

「ことの輪郭がだんだん見えてきたわ。あなたが王党派の総元締めといったところかしら？」

『いやいや、買い被ってもらっては困る。せいぜい、スポークスマン、いや渉外担当といったところかな？』

「そのあなたが、どうしてパリの司令部にいるのかしら？」

『ド・ゴール将軍暗殺未遂以降、君たちが王党派と呼ぶところの我々と、自由ガリア政府は水面下での交渉を続けていた。そしてようやく、合意に至ったという訳だ』

「妥協点を見いだしたということね？」

『それが政治だよ』

教授は笑う。

『ネウロイの脅威が完全に去ったとは言えない状況で、ガリアの民同士がふたつに割れて争っている場合ではないだろう？』

「ド・ゴール将軍も同意したの？」

『彼の説得には時間がかかっているが、そこは君たち次第だ』

「……そう、そういうこと」

もともと、ド・ゴール将軍に権限が一局集中する現状を嫌う将官は少なくなかった。

現在、ド・ゴール将軍は軟禁状態か、それに近い状況に置かれている、ということだろう。

「あの子たちは何？　何の目的でここに送り込んだの？」

ロザリーは話題を変える。

『質問はふたつかね？　順番に答えよう。彼女たちは新時代の兵士だよ』

「まさか洗脳した工作員？　ド・ゴール将軍の事件の時に、あなたたちが使ったような？」

『暗殺計画で用いた少女たちは言わば試作品だ。今回の作品、我々は「ガリアの子ら」と呼んでいるが、彼女たちはより完成形に近いね』

「年端もいかない女の子なら、私たちが反撃できないと踏んだの？」

『事実、その通りだろう？　さて、二番目の質問に答える前に、私からも質問がある』

教授の声がわずかに面白がる調子を帯びる。

『彼女は元気かね？　何と言ったか――そう、あの扶桑の黒田那佳中尉』

「あなたは随分と黒田さんにご執心のようね？」

『聞くところだと、彼女は本当の貴族ではないそうじゃないか？　養子縁組みで貴族に仕立てあげた、卑しい血の娘だ』

「誰にも親がいて、その親にも親がいる。その親にも、またその親にも。ずっと遡れば、人類なんてほんの数人じゃない？　そこに貴賤なんてあり得ないわ」

『とはいえ、人種や国籍は、惨めな現状を容認できぬ愚かで哀れな者どもがすがりつくことができる、最後の慰めでもある。過度の自由を庶民に与えることは、連中からプライドを奪い、国に混沌をもたらす。そう私は考えるがね。さて、話を戻して君の質問に答えよう』

「ええ、お願い」

ロザリーは促す。

『今回の作戦行動は一種のデモンストレーションだ。催眠術を施して知力と体力を飛躍的に伸ばした兵士たち、「ガリアの子ら」のね。また同時に――』

教授は喉の奥で笑って続けた。

『黒田那佳中尉の排除も、作戦目的のひとつに位置づけている。今、中尉がどこにいるか、確認してみるといい』

「黒田さん！」

ロザリーは緊張の面もちで、インカムに向かって呼びかけた。

だが、那佳からの返答はない。

その代わりに、ハインリーケが呼びかけに応じる。

『名誉隊長、こちらウィトゲンシュタインじゃ！　黒田とはまだ合流できておらぬ！』

「ウィトゲンシュタイン大尉、至急、彼女を見つけて！　いい、大至急よ！」

『了解じゃ！』

ロザリーの様子にただならぬものを感じたのか、ハインリーケは穿鑿せずに無線を切り、捜索を続ける。

「黒田さんをどうするつもり？」

ロザリーはレーダー室のマイクから教授に問いかけた。

『それは君次第だよ、グリュンネ少佐』

「私……次第？」

『我らに協力し給え』

「別に敵対するつもりもないのだけれど」

『いやいや、君たちは我らにとって頭痛の種なんだ。貴族でありながら、共和制ガリアの実現に手を貸している』

「今はもう貴族が貴族だというだけで幅を利かす時代じゃないの」

『そう、そこに意見の相違がある。だが、君たちがガリアの文化や歴史を重んじ、かつての美しいガリアを取り戻すのに協力するのなら、助かる命がある』

「……黒田さん」

ロザリーは喉の渇きを感じた。

「何故、そう黒田さんを目の敵にするの？」

『分からないのかね？　彼女がどれほど危険な存在であるか？』

「……あの子が、この隊の精神的な支柱だと分かっているのね？」

『そう、彼女は本人の意図する、意図せぬに拘わらず、ともすれば分裂しようとする506をまとめてきた。彼女は王党派にとって不確定要素。危険な存在なのだ』

「黒田さんは負けないわ、絶対に」

『これがネウロイ相手の戦いなら、私も君に大いに同意するところだが——相手が人間、それも自分よりも年下の娘だったらどうだね？』

「！」

『キーラ少佐と名乗った密偵を殺してしまったと思った時、彼女はどう反応したかね？』

「…………」

那佳には抵抗できない。ロザリーにしても、ハインリーケにしても同じこと。

ウィッチは人間を守るために戦ってきたのだから。

『さて、我々に膝を屈する用意はできたかね？　君の返答如何で、ド・ゴール将軍のみならず、彼女の運命も決まる』

「時間を――」

『そうそう、時間がない、ということを伝え忘れていたね』

教授はロザリーを遮って続ける。

『あと……2分と40秒。この時間が過ぎたら、黒田中尉とは二度と会えない』

「ウィッチを傷つけられる訳がないわ。外交問題に――」

『この件は自由ガリア政府が事故として処理するだろう。諦め給え。今の政府に、君たちの味方はいない』

「くっ！」

握りしめた拳の内側に爪が食い込む。

『付け加えておく。他のウィッチの誰かが黒田中尉に接触した瞬間、発砲するようにとも「ガリアの子ら」には命じてある。ウィトゲンシュタイン大尉はどこかな？　そろそろ、黒田中尉を見つける頃ではないかね？　タイムリミットが来るのと、彼女の到着と、どちらが早いかな？』

ロザリーは深呼吸し、己が己の責任で導き出した答えを教授に告げた。

『正しい決断だ。後悔はさせないよ』

教授はそう告げると、回線を切った。

ロザリーは脱力し、レーダーのパネルの上に両手をついていた。

「黒田中尉！」

ハインリーケが那佳の許に到着したのは、その数秒後のことだった。

「無事だったか⁉」

ハインリーケは思わず那佳の肩を抱いていた。

「無事っていうか、見逃してもらったっていうか……」

那佳はキョトンとした顔を見せる。

「……そなた⁉」

ハインリーケは那佳の背後に13号が立っていることに気がつき、声を荒らげた。

「任務終了」

13号はハインリーケの刺すような視線など意に介さず、インカムで連絡を取りつつグリースガンを下ろした。

「了解。セダン基地で合流します」

13号はインカムでそう告げると、那佳たちに背を向けてスタスタと歩きだした。

「ま、待て！」

と、13号を追おうとするハインリーケのインカムに。

『大尉！　黒田さんは無事⁉』

ロザリーの声が飛び込んできた。

「あ、ああ。怪我はないようじゃが、これはいったい何事じゃ⁉」

ロザリーに当たっても仕方がないと分かってはいるが、ハインリーケは詰問調にならざるを得ない。

『……黒田さんと一緒に基地に戻って。詳しいことはそれから説明します』

ロザリーは疲れたような声でそう告げた。

「王党派に、協力ぅ？」

簡易休憩所で直接ロザリーから経緯を聞き、ハインリーケは唖然とした。

「グリュンネ少佐、あやつらが何を我らにしてきたか、よもや忘れてはおるまい？」

「ええ。でも、それが干戈を納めようと言ってきたの」

ロザリーは頷いて見せたが、その顔に安堵の色はない。

「利用されるのが落ちだろうけどなあ」

と、口を挟んだのはアドリアーナだ。

「だけど当面、私たちもネウロイ迎撃に集中できるわ。潔く負けを認めましょう。少なくとも、今のところは」

「それでこれからどうなるの？」

イザベルがピアノの前に座った。

「我々『ガリアの子ら』がセダンに駐留し、あなた方ウィッチをサポートします」

簡易休憩所の扉が開かれ、13号が入ってきた。

相変わらずの無表情。

一同を見渡せる位置で、13号は直立不動の姿勢を取る。

「体裁のいいこと言ってるが、要は監視だろ？　ありがたいねえ」

「はい。監視なので、おイタをすれば自由ガリア司令部(マ マ)に言いつけます。ちなみに、これは教授からの伝言です」

　13号はアドリアーナにそう返してから続けた。

「現時点より、第506統合戦闘(せんとう)航空団の活動停止は解除され、ロザリー・ド・エムリコート・ド・グリュンネ少佐は名誉(めいよ)隊長に復帰。そして――」

　13号はハインリーケに目を向ける。

「ハインリーケ・プリンツェシン・ツー・ザイン・ウィトゲンシュタインは明日(みょうにち)付けで大尉(たいい)から少佐に昇進(しょうしん)します。拝命式は明日(みょうにち)、パリ司令部にて。おめでとうございます」

「こ、このタイミングでだと⁉」

　これにはさすがのハインリーケも呆気(あっけ)に取られる。

「迅速(じんそく)」

　イザベルがわざと拙(つたな)く『運命』のサワリを弾(ひ)いた。

「黒田！　そなたはこれでいいのか⁉」

　ハインリーケは、ここまで沈黙(ちんもく)を保っていた那佳を振(ふ)り返る。

「いい訳ないよ、こんなの」

　那佳は13号の前に進み出た。

「だって、この騒ぎで私の休暇、半分潰されたんだよ！　せっかくの有給だったのに～っ！」

13号を除く全員が、その場で崩れ落ちた。

「……埋め合わせはこれで」

13号は簡易休憩所に入った時から手にしていた革袋を那佳に手渡した。

ずっしりと重いその袋の口を開いてみると、中身はすべて1フラン硬貨だ。

「君、いい子！」

那佳は13号に抱きついた。

こうして、黒田那佳中尉はいとも簡単に買収、もとい、懐柔されたのであった。

目指すのは、歌って踊れるウィッチです。

黒田那佳中尉

（『陣中倶樂部』のグラビア・インタビュー。軍広報部の検閲によってカットされた部分より）

第一章
CHAPTER 1

広告塔

「聞いてくださいよ、みなさん！　この私、黒田那佳中尉はこの度、『陣中倶樂部』のグラビアに載ることになりました〜！」

簡易休憩所に飛び込んできた那佳は、その場に居合わせたアドリアーナとイザベルに報告した。

「ん？　『ジンチュークラブ』？」

哨戒任務を終え、新聞の連載マンガ『ブロンディ』を眺めていたアドリアーナが、紙面から顔を上げる。

昨日の『ガリアの子ら』の強襲以来、基地内に漂っている重苦しい雰囲気を払拭してくれる話題なら、今のところ何でも歓迎という顔だ。

「何それ？」

ピアノの前のイザベルも、体を捻るようにして那佳を見る。

「扶桑陸軍が出してる慰問雑誌ですよ。そのグラビアを飾るなんて、私も女優への道を駆け上がりつつありますね」

那佳は頬を緩ませ、両手に抱えていた『陣中倶樂部』のバックナンバーをドサッとテーブルに置いた。

「へえ……。扶桑じゃ、この手のタイプの女優が人気なのか？」

アドリアーナは『陣中倶樂部』の一冊を開いて、ざっと眺めてみる。

「この李香蘭って、欧州でも通用する美人だよなあ」

「でしょ〜？　で、私もそんなスターの仲間入りですよ。この取材でいくらもらえるのか、今から楽しみ！」

那佳の脳内では、今、チャリンチャリンと貯金箱を満たしてゆく硬貨の音が鳴り響いていた。

「ああ、そっちね」

那佳が喜んでいる真の理由を悟ったイザベルが、納得顔で頷く。

と、そこに。

「取材には毅然とした態度で臨め。そのような緩みきった顔で応じるでないぞ」

那佳のあとを追うように入ってきたハインリーケが、釘を刺す。

アドリアーナはハインリーケに向けて、笑顔で敬礼してみせる。

「よ、少佐」

ハインリーケの階級章は、昨日までとは違っていた。

本日付けで、ハインリーケ・プリンツェシン・ツー・ザイン・ウィトゲンシュタインは大尉から少佐へと昇進したのだ。

「あ〜、大尉、じゃなかった少佐、もう帰ってたんですね？　どうでした、拝命式？」

那佳が振り返って尋ねた。

「辞令を受け取るだけと思っておったが、ことの外、報道陣がおったな」

ハインリーケは思い出し、カメラの放列に辟易した表情を見せる。

「え〜っ、そうだったんですか？　……一緒に行ったら、写真に写れたかな？」

那佳は残念至極といった顔だ。

「写真が好きなら、こやつと代わってやればよかったろう？」

と、ハインリーケが視線を向けたのはアドリアーナである。

アドリアーナは先日の技術交流——その実は無断出撃——の代償として、ロマーニャで限定発行されるウィッチ・カレンダーの11月を飾ることになったのだ。

「好きで撮られたんじゃない」

アドリアーナの顔が、珍しく羞恥で真っ赤になる。

「そうでした！　思い出しましたよ、アドリアーナさん、水臭いじゃないですか！　私、アドリアーナさんのためなら、いつでも脱ぐ覚悟はあったのに！」

那佳は聞きようによっては、誤解を招きかねない発言をした。

「露出狂？」

と、イザベルが肩をすくめる。

「水着とふんどし姿には、自信があります」

出所不明の得意満面の色を、那佳はその顔に浮かべた。

「露出狂だね」

イザベルは確信したようだ。

「……でも、これからはセダンに少佐がふたりですね。面倒臭くないですか、呼ぶ時に？」

那佳が腕組みをして考え込んだ。

「おいおい、今までだって大尉がふたりだったろ？」

アドリアーナが呆れたように指摘する。

「そっか。じゃあ、グリュンネ少佐はたいちょ～、ウィトゲンシュタイン少佐はまんま、少佐でいいですよね？」

「もしくは少佐1号、少佐2号」

イザベルが口を挟んだ。

「ところで――」

ハインリーケは一同を見渡し、話題を変える。

「再開した通常任務の方はどうじゃった？」

「哨戒に出たけど、異状はなしだよ。ディジョンからも応援要請はなし。いたって平穏だね」

イザベルが報告した。

「……『ガリアの子ら』は？」

「格納庫やら、レーダー室やらで支援活動中。今のところ、特に怪しい動きはないな」

と、アドリアーナ。

「これからは一瞬たりとも気が抜けぬ。各自、基地内だけでなく、セダン市内に外出する際も小火器の携帯を忘れぬように」

これが、ハインリーケが昇進して初の命令だ。

「それって何だか嫌だなあ」

那佳が早速異議を唱えた。

「武器の携帯なんて、今までしてこなかったじゃないですか？」

「いたずらに、市民の不安を煽るだけじゃないか？」

アドリアーナも那佳に同調する。

「だいたい、少佐は普段から『カールスラントの夜叉姫』なんて呼ばれてるのに、これ以上みんなを怖がらせない方がいいよ」

イザベルの指がシューベルトの『魔王』を奏でる。

「わ、わらわは巷でそんな風に呼ばれておるのか？」

ハインリーケは愕然とした表情になる。

「うん」

そもそも。

『カールスラントの夜叉姫』というのは、当のイザベルが市民との交流会のポスターでハインリーケの紹介に使ったふたつ名だが、そのあたりの経緯は黙して語らず。

イザベルは『魔王』を弾き続けた。

「確か……市民の噂によると、『夜叉姫』ことウィトゲンシュタインは、数万のネウロイを眼力だけで撃墜したって」

無論、ジョークである。

「何ぃ！　そのような誤報が⁉」

だが、ハインリーケは信じた。

「それだけじゃなくって、ふうっと息を吹けば、大嵐が起こり、拳を地面に叩きつけると大地震が起こるって話も主に女子高校生の間で広まってるみたい」

無論、ジョークである。

「何ぃ！」

だが、ハインリーケは信じた。

「恐怖の『夜叉姫』伝説は、ガリアのみならず、七つの海を越えてリベリオンや扶桑にも轟いているとか」

無論、ジョークである。

「何ぃ！」

だが、ハインリーケは信じた。

「さらにカールスラント南部のバイエルン州の諸都市では、『夜叉姫』人形が魔除けとして好評を博し、ワイン祭の土産物として大人気」

無論、ジョークである。

「何ぃ！」

だが、ハインリーケは信じた。

ハインリーケは頭脳明晰の人である。

だが如何せん。

お姫様育ちで常識がない。

ある面では、那佳にも劣る始末である。

「ということです」

このまま、どこまで行っても信じそうなので、イザベルは適当なところで切り上げることにした。

「……これな、ジョークだって白状するタイミング、難しいぞ？」

アドリアーナがイザベルにささやく。

「ちょっと反省」

イザベルは頷いた。

とはいえ、ハインリーケのショックは計り知れないようだった。

「わ、わらわが『夜叉姫』？　それほど恐ろしいか？　確かに厳しいことも言うが、市民にまで？　笑顔が足りぬとか？　こ、こうかの？　いや、そうではなく……こうか？」

みんなが簡易休憩所をあとにしても、ハインリーケはひとり残り、鏡に向かって顔を歪めて呟き続けていた。

そして、夕食後。

『陣中倶樂部』から取材の記者が来たというので那佳がブリーフィング・ルームに向かうと、そこで待っていたのはよく見知った人物だった。

「って、取材はクローディアさん？」

自称未来のピュリッツァー賞候補の才媛、クローディア・モーリアックは、駐セダンの『ル・タン』紙のしがない新米記者。

そう、第506統合戦闘航空団がこれまで犯してきた数々の失敗、とんでも事件で第1面を飾り、発行部数を伸ばしてきたあの『ル・タン』紙から派遣された、基地専属の記者である。

「中尉、そんなにがっかりした顔しないでくださいよ～。これ、うちの新聞社と『陣中倶樂部』の合同企画なんですから」

クローディアは、腹黒さと間抜けさが相まった笑顔を那佳に向けた。

「はい、中尉～！　笑顔ください！」

クローディアといつもコンビを組んでいる、若手のカメラマンが那佳の注意を引く。

「こう？」

那佳は反射的に振り返り、笑顔を見せてしまう。

「最高です！」

パシャッ！

フラッシュとともに、シャッターが切られる。

「もう一枚、今度はウインク」

パシャッ！

「……大丈夫か、この企画？」

心配になって同行してきたアドリアーナが、同じくついてきたイザベルにささやく。

「暗雲、垂れ込めてるね」

イザベルはささやき返した。

「信じてくださいよ、５０６の不利益になることは書きませんから」

クローディアはそう語るが、その目はちょっと泳ぎ気味だ。

「信頼度、政治家の公約並み？」

「お前、前科あるからな」

無論、イザベルもアドリアーナも、簡単には信用しない。

「あははは……、でも今回は、誹謗中傷や揶揄するような記事にはならないって保証しますって。何しろ自由ガリアの上層部から編集部にきっつ〜いお達しがあったんですから。これからは国威発揚のため、506への批判は一切禁止するって」

そう笑って見せてから、クローディアはため息をひとつつく。

「でも、それじゃジャーナリズムなんて、なくっていいってことですよね？　軍の広報が、全部自分たちの都合のいいことだけ発表すればいい訳で」

「上層部か……」

今の自由ガリア軍は、自由の文字を掲げるに値しない。

ド・ゴール将軍は消息不明。

司令部にいるのは王党派と、保身のために彼らと手を組んだ連中だけだ。

「手のひら返しもいいところだね。この間まで、邪魔者扱いだったのに」

イザベルが肩をすくめる。

「いいことじゃないですか？　つまり、誉められっぱなしってことでしょ？　私、誉められて伸びるタイプなんです」

アドリアーナたちが渋い顔を見せているのに対し、グラビア写真の撮影に勤しむ那佳は悩みとは無縁の様子でポーズを取り続けていた。

おまけに。

いつの間に着替えたのか、ふんどしに法被といった出で立ちだ。

「その通りですね。ネウロイを撃退すれば、紙面のトップ！　で、失敗しちゃったら、それはそれで別の誰かのせいにしてもらえる。５０６は今まで苦労してきたんだし、たまには優遇されてもいいんじゃないですか？」

ノリノリでシャッターを切りながら、カメラマンが言った。

「だよねえ。じゃあ、気分を切り替えてっと」

クローディアも気を取り直し、メモと鉛筆を手にする。

「……ええっと、『陣中倶樂部』さんから、これだけは質問、押さえておいてくれっていうのがあったんですよね～。まずは、好きな食べ物？」

「宮崎名物、たくあん！　それに、ガネ」

那佳は牝豹のポーズを取りながら元気よく答える。

不幸なことに、那佳は知らなかった。

自分のピンナップ写真が、整備兵たちを中心になかなかの金額で取り引きされていることを。

もし自分でその写真を売れば、出撃の度に支給される手当の額に匹敵するフランが手に入ることを。

また、幸運なことに那佳は知らなかった。

自分のピンナップの相場が、ハインリーケのピンナップの相場の約半分に過ぎないことを。

「ガネって何です？」

鉛筆の先を舐めながら、クローディアは首を傾げた。

「う～ん、どう説明すればいいのかな？　つまり、こう野菜を――」

取材は長くなりそうだった。

そして、深夜。

「どうじゃ、あの連中は？」

久しぶりの夜間哨戒から戻ったハインリーケは、整備班長に尋ねていた。

ハインリーケの視線は整備班長の肩越しに、ストライカーユニットの整備をしている『ガリアの子ら』に向けられている。

「あ～、とりわけおかしな動きはありませんね。二重三重にチェックさせてますが、破壊工作とかはしてないみたいです」

「そうか」

ハインリーケもこの時点で『ガリアの子ら』が露骨に仕掛けてくるとは思っていない。だが、レーダー室や通信室に詰めている少女たちはあまりにも協力的で、正直、気抜けした感じは否めない。

「いやあ、実際、助かっちゃいるんですよ。みんな、仕事の呑み込みはいいし、うちのくそ生意気な連中と違って文句はたれないし。……けどねえ」

整備班長は腕組みをして顔をしかめる。

「複雑っすよ、何しろあの子ら、昨日はあたしらに銃口向けてたんですからねえ」

と、そこに。

「そうね」

ロザリーがやってきて、頷いてみせた。

「過去の確執は忘れ、一丸となって対ネウロイに傾注する。言うほど簡単じゃないわね」

「同じ人間、それもネウロイと戦う同志だって、部下には言い聞かせているんですが」

と、整備班長が口をへの字にする傍らで。

「おやつ、あげようか？」

「そんなに頑張らなくていいんだよ」

「ほら、手が汚れてるよ」

整備班員たちは、いとも簡単に懐柔されていた。

「って、てめえら！　馴染んでんじゃねえ！」

整備班長は『ガリアの子ら』を囲む輪につかつかと大股で歩いていって、サボっている部下を追い散らした。

「……さっき司令部に確認したら、あの子たちに関わる経費は司令部持ちですって。昨日まで弾倉の中に残ってる残弾の数まで数えていたのに」

怒鳴る整備班長の様子を苦笑を浮かべて眺めながら、ロザリーはハインリーケに告げた。

「椀飯振る舞じゃな」

ハインリーケも釣られたかのようにふっと笑う。

「飴と鞭、鞭が思うような効果を挙げなかったから、飴に切り替えたのかも。これも私が解任されている間、あなたが隊を守ってくれたお陰よ」

「買い被りじゃな。それに少佐が水面下でいろいろと動いていたことは皆が知っておることじゃ」

「今日からはあなたも少佐よ」

「であったな」

ハインリーケは頷くと、仮眠を取りに自室へと向かった。

翌日。

「よお」

簡易休憩所で那佳がソファーに寝そべり、イザベルが『小犬のワルツ』を弾いていると、禁煙の張り紙——特定の個人に向けられたものだ——を無視し、くわえ煙草でサマンサ・スペードが入ってきた。

「昨日は丸一日、姿を見せなかったな？」

哨戒任務に出る身支度をしていたアドリアーナが声をかける。

「俺なりに調べて回ってたんだよ」

サマンサは那佳を引きずって床に落とし、ソファーに大儀そうに腰掛けた。

「あの『ガリアの子ら』、あいつらは羊の皮を被った狼だと思った方がいいぞ。かけられた催眠術な、施術者はマブゼ博士。カールスラントじゃちょっとした有名人だ」

「有名人？　芸能人とか？」

那佳が絨毯の上にペタッと座った形で体を起こす。

「な訳ないだろ。学者だ、学者。博士ってんだから分かるだろが？」

と、サマンサ。

「そういう芸名かなあって」

「で、そのマブゼが有名な理由ってのが、人体実験のせいだそうだ」

ボケたのか本気なのか分からないので、サマンサは取り敢えず那佳のコメントを無視した。

「おいおい、穏やかな話じゃないな」

アドリアーナが顔をしかめる。

「催眠術によって人間の能力を飛躍的に高めることができるっていう自分の理論を証明するために、子供を誘拐して実験を行った。結果、十数名の子供が強度の記憶障害を発症し、何人かは昏睡状態に陥っていまだに目を覚まさないらしい」

「そんなのを王党派が？」

イザベルの指が奏でる曲が、『小犬のワルツ』から『ドン・ジョバンニ』に変わった。

「精神病院に収容されていたマブゼを亡命の形で招き、多額の資金援助をして研究を進めさせた。ネウロイの被害で戦災孤児が多かったから、実験材料には事欠かなかったそうだぜ」

サマンサは灰皿を探しながら続ける。

「そのあたりの経緯は、決して表には出ないだろうけどな」

「で、あいつら、私たちみたいに戦えるのか？」

そこが肝心、というようにアドリアーナが聞いた。

「魔法力がないからな。体力や筋力も女の子にしちゃ立派だが、ウィッチみたいな超人的な能力は今のところない。ただ、射撃に偵察、通信、整備、車輌の運転、そのあたりは何でもござれだ。それに何より、命令には絶対服従だ。自由ガリア司令部のお偉方は、これほど使いやすい駒はないってことで、マブゼの計画に飛びついた。マブゼがいなけりゃ、王党派との和解はなかっただろうよ」

「強い兵隊が欲しいのは、どこの国も同じだけどね」

イザベルはおどろおどろしく『ドン・ジョバンニ』の演奏を続ける。

「ん～」

サマンサの説明を聞きながら、こめかみに指を当てたのは那佳だった。

「命令に服従って、私たちだってそうしてますよねえ？」

「そ、それは微妙というか？」

アドリアーナの視線が泳ぐ。

「命令違反の自覚がないのが、黒田さんのすごいところ」

「そ、そうかな？　へへへ」

那佳は頭を掻いた。

「例えばだな」

サマンサは那佳向けに分かりやすく説明する。

「ネウロイとの戦闘で——そうだな、ウィトゲンシュタイン少佐が負傷し、墜落しそうになったらどうする？」

「もちろん、助けにいきますよ」

那佳は当然、という顔で頷いた。

「あの連中は違う。任務の遂行を優先する。仲間を見捨てることを厭わない。確率を計算し、命令通りに行動する人間電子計算機だ」

「そんなことないですよ、普通の女の子ですって。今、それを証明してきますね！」

那佳は簡易休憩所を飛び出し、格納庫で整備班を手伝う『ガリアの子ら』のところに駆けていく。

「や、や、やっぱ、違うかも！」

20秒後。息を切らせて戻ってきた那佳は動揺も顕わに一同に報告した。

「目の前でわざと小銭落としたんですけど、誰も拾おうとしないんですよ⁉　普通、身を

挺してもおうとするじゃないですか⁉」

「それはお前だけだ」

と、アドリアーナがこめかみを押さえたその時。

『哨戒中のウィトゲンシュタイン少佐から連絡。大型ネウロイを発見したそうよ。みんな、出撃の準備を』

室内のスピーカーから、執務室にいるロザリーの声が聞こえ、ほぼ同時に格納庫でサイレンが鳴り響いた。

3名のウィッチはすぐにインカムを装着する。

『ネウロイは大型の単機。ティオンヴィルからヴェルダンに向けて進行中じゃ』

インカムを通じ、現場のハインリーケの声が聞こえてくる。

「そんなに近く？」

と、立ち上がるイザベル。

ヴェルダンはセダンの南東約80キロ。車でも飛ばせば1時間少しで到着できる距離だ。

「レーダーに映らなかったのか？」

『このネウロイめ、地上スレスレを移動しておったからの。わらわが帰投の途で発見できたのは、僥倖に恵まれたと言ってよい』

アドリアーナの質問にハインリーケが答えた。

「ともかく、出撃出撃〜っ！　久しぶりのお手当だよ〜っ！」

那佳が無造作に立てかけてあった扶桑号――黒田の家に代々伝わる名槍――を握る。

「頑張れよ」

サマンサはウィッチたちを簡易休憩所から送り出した。

「我々も現地に向かうので、ジープの使用許可を願います」

格納庫では13号以下、『ガリアの子ら』がすでに待機していた。

『と、当然のようにそこにいるのね、あなたたち？』

ロザリーの声が、苦笑の色を帯びる。

『そなたらも出撃する気か？』

と、こちらはハインリーケが尋ねた。

「我々はウィッチではないので、ストライカーユニットを駆使できません。今度、どのような支援が可能なのかを検証するために、今回の出撃に同行して視察を行います」

「要は監視か」

アドリアーナはハンガーに飛び乗ってヴェルトロをまとうと、ちらりと13号を見る。

「――と言っても、お前たちが現場に到着する頃には、戦闘は終了してるかもな」

「ならば、気になさる必要はないのでは？」

13号は表情ひとつ変えずに返した。

「背中から撃ったりしないよね？」

アドリアーナに続くイザベルが、それでもまだ信用できないという顔で念を押す。

「少尉が仰向けの状態で飛行しない限り、地上から背中を撃つのは不可能です」

それはただのジョークなのか、もし仰向けに飛んだら撃つ気なのか、判断に迷うところだ。

「ブラック・ジョークなら……やるね、君」

イザベルは取り敢えず、撃たれることはないと判断したようだ。

『分かったわ。同行を許可します。整備班長、お願い』

ロザリーは決定を下した。

「了解！　野郎ども！　小っちゃいお嬢さんたちにジープを用意しろ！」

これを聞いて、整備班長が部下に命令する。

「それじゃ、いってきま〜す！」

最後に那佳が、メッサーシャルフの魔導エンジンを稼働させ、空に舞い上がった。

「うわ、アイザック君。あれ、何に見える？」

森の木をなぎ倒しながら、地表近くを進むネウロイを視認した瞬間、那佳は鳥肌が立つのを感じた。

「ムカデ、もしくはゲジゲジ」

答えるイザベルも心底嫌そうな声だ。

「うう、でなきゃヤスデだね」

那佳の背中に冷や汗が流れる。

ふたりの感想通り。

現在移動中の大型ネウロイは、人類が忌み嫌う――一部は偏愛するかも知れない――あの節足動物そっくりのフォルムをしていた。

そして那佳はああいう脚がウジャウジャとあるものは、小さい頃から大の苦手なのだ。

「ヤスデ？　それ知らない」

那佳と並行して飛ぶイザベルは首を傾げる。

「ほんと？　昔はよくヤスデのせいで陸蒸気が止まったって、ばっちゃんが言ってたけど」

「おかじょ～き？」

イザベルはそう聞いて、いよいよ首を傾げる。

ヤスデがしばしば陸蒸気、つまりは蒸気機関車を止めたメカニズムはこうだ。線路上に大量発生したヤスデを機関車の車輪が踏み潰すと、ヌラヌラした粘液が染み出す。それが線路を滑りやすくして、ブレーキが利かなくなる。事故を恐れて、機関車は線路の掃除を終えるまで運行を停止したのである。

「あ、いた！　ウィトゲンシュタイン大……じゃなかった、少佐～！」

那佳は先に戦闘状態に突入しているハインリーケを発見し、インカムで呼びかける。

「少佐殿、ひとりじゃ手こずってるみたいだな？」

アドリアーナがハインリーケに接近し、笑いかけた。

「うむ、あやつめ、不規則に蛇行しおって、なかなかコアの位置を探らせぬわい」

ムカデ型がその節の部分から発射するビームを躱しながら、ハインリーケは吐き捨てる。

「やり難そう」

イザベルは那佳と組み、ムカデ型を2時方向に捉える位置に展開する。

「撃てっ！」

ハインリーケの命令でウィッチたちは一斉射撃に入る。

ムカデ型はこの猛攻撃に進路を北西方向に変えたが、コアを発見して撃破するまでには至らない。

　森を抜け出たムカデ型は、道に沿ってセダン方面へと向かう。

「……む、あれは？」

　ハインリーケはムカデ型の頭部に銃弾を撃ち込みながら、ふと、ムカデの進行方向の先、地平線のあたりに２台の車が現れたことに気がついた。

　セダン基地に所属する、見慣れたジープである。

「どうやら観客の到着か。あの位置から観察だな」

　アドリアーナが呟いた。

「では、よい舞台を披露せねばな」

　ハインリーケは不敵な笑みを湛え、連射を続ける。

「お目汚しとなる場面あらば、我らが尽力で繕うてみせまする～」

　イザベルが芝居がかった調子で『ロミオとジュリエット』の冒頭の一部を口ずさんでみせた。

「何、それ？」

　那佳がキョトンとした顔をイザベルに向ける。

「シェイクスピア」

と、イザベル。

「こういうことね！」

那佳は背にしていた名槍扶桑号を構え、ビュンと振（ふ）ってみせる。

槍を振る（シェイク・スピアー）、だ。

「やるね」

イザベルは那佳とパチンと手を打ち合わせた。

しかし。

「一瞬（いっしゅん）でよい！　あやつの動きを止めろ！」

ムカデ型の機体は長く、そのどこにコアがあるのかはなかなか突（つ）き止めることができない。

「こっちじゃない！」

「こっちも違（ちが）う……ってここはさっき撃ったっけ？」

いたずらに時間だけが過ぎてゆく。

「黒田さん、いつも通り囮役（おとり）！」

那佳と肩（かた）を並べたイザベルが、シールドでムカデ型の反撃（はんげき）を受け止めながら提案した。

「ええ～、またぁ～？」

と、渋る那佳が降下するより早く。

バンッ！

ムカデ型ネウロイの前に2台のジープが飛び出していた。

『ガリアの子ら』を乗せたジープである。

「あやつら！」

いつの間にかこちらに接近していた2台のジープは、ムカデ型の頭部に向かって突進した。

「なるほど、連中の意図が見えたわい！　ヴィスコンティ大尉、黒田中尉、バーガンデール少尉！　ネウロイのビームをこちらに引きつけろ！」

ハインリーケが命じ、銃弾が蛇行するネウロイに降り注ぐ。

『協力感謝します。タイミングはこちらに合わせて頂けると幸いです』

13号のかなり事務的な声がインカムを通じて聞こえる。

「了解じゃ！」

『では、11・8秒後に』

「な、何と半端な！」

『9、8、7……』

13号は勝手にカウントダウンを始める。
ネウロイからジープまでの距離は約200メートル。
『6、5、4……』
残り100メートル。
『3、2……あとはお任せします』
搭乗していた『ガリアの子ら』は、激突寸前で飛び降りて道の脇に身を伏せる。
激突したジープは宙に舞い上がった。
正面から2台のジープと衝突したネウロイは、一瞬、その動きを止める。
「今じゃ！」
ハインリーケの号令で、ウィッチたちは一斉射撃をネウロイに見舞った。
弾丸の驟雨に装甲が剝げ落ち、胴体の前方から3分の1ぐらいの場所にコアが見えた。
「発っ見～っ！」
そのコア目掛け、扶桑号を腰だめに構えた那佳が突進する。
「これで幕引き！」
月光を受けてギラリと輝く槍の穂先が、コアを貫く。
ネウロイは咆哮をあげ、銀色の粒子となって四散した。

「カーテンコールは？」

『ガリアの子ら』のところまで降りてきたイザベルが、13号に声をかけた。

「意味不明です」

「だよね」

ジョークに真顔で返され、イザベルはいささか傷ついたようだった。

『みんな無事？』

インカムを通じ、ロザリーが安否を確認する。

「怪我人はなし。損害は………ああっと、ジープ２台だけじゃな」

『ジープ２台⁉　どうしてジープが壊れている訳⁉』

執務室のロザリーの声が裏返る。

「それはその、やむなくというか――」

ハインリーケの報告は、途端に歯切れが悪くなった。

『こ、これは当然、司令部持ちで修理してくれるのよね？』

懇願するような声は、13号に向けられたものだ。

「もともとこのジープはセダン基地の所属のものなので、無理です。付け加えれば、全壊なので修理不可能です」

13号の報告はあくまでも事務的だ。

『ジ、ジープ2台が……』

崩れ落ち、しくしくと咽び泣くロザリーの声が、インカムを通じて那佳たちの耳へと届いていた。


那佳たちが基地へ帰投して数時間後。

ロザリーの執務室の扉が開かれた。

「ようやく顔を見せてくれたわね」

音もなく入ってきたキーラ——元王党派の工作員で、現在はジーナの下で働いている——を見て、ロザリーは目を細める。

「何か飲む？」

「あんたが二十歳の記念に買ったシングルモルト。キャビネットの奥に隠してある奴を」

「さすが。情報部の将校になりすましていただけのことはあるわね」

ロザリーはキャビネットの前に移動し、琥珀色の液体が入ったボトルを取り出す。

「スナークの件ではありがとう。お陰で隊の運営に支障を来さなくて済んだわ。活動停止解除後すぐにネウロイを撃退できたのも、スナークの補給があったからね」

「こっちも仕事だ。それより」

　ウイスキーが注がれたグラスを受け取ったキーラは、ソファーに腰を下ろして続ける。

「黒田をあまり『ガリアの子ら』と接触させるな」

「私は、黒田さんがあの少女たちに、いい影響を与えてくれるんじゃないかって思っているんだけど？」

「甘過ぎるな。『ガリアの子ら』はマブーゼ博士の強力な催眠術によって精神支配を受けた純粋な兵士だ」

「でも、人間よ」

「いや。同じ王党派の工作員でも、私たちは厳しい訓練とともに思想教育を受けたが、人格までは変えられていない。私は私であり続けている。だが、あいつらは根本的に違う」

「似たようなことを、サマンサさんも言っていたけど？」

「ああ、人間性は完全に奪われている。人間らしさを見せたとすれば、それは一種のカモフラージュ、そう見せようとしてやっているだけのことに過ぎない」

　キーラが首を振って見せたその時。

「随分と饒舌じゃの？」

　キーラの背後で声がした。

「わらわはまだそなたを信じてはおらぬし、許した訳でもない。だが、今回はそなたに賛成じゃ」

執務室に入ってきたハインリーケは、ソファーに座ったキーラを正面に捉えるように、本棚を背にして立つ。

「おやおや、来ていたのか、少佐殿。昇進おめでとう」

キーラはグラスを軽く上げてみせる。

「報告書を提出する必要があっての。こちらに寄った次第じゃ。しかし不思議なのは——」

鼻を鳴らしたハインリーケは、じっとキーラを見据えた。

「黒田と命がけでやり合ったそなたが、どうしてそこまであやつの身を案じるかじゃ。以前のそなたなら、あやつが傷つこうが、気にしなかったはず」

「笑えるな」

「ともかく、警告はした」

「お休み、少佐たち」

キーラはグラスを置いて立ち上がる。

「お休み、幽霊殿」

ハインリーケがそう返すと、キーラの肩はふっと笑ったかのようにかすかに揺れた。

＊　＊　＊

さて、後日。

那佳の写真とインタビューが掲載された『陣中倶樂部』がセダン基地に郵送されてきた。

「こ、こ、こ、この扱いは～っ！」

『陣中倶樂部』を開いた那佳は絶句した。

巻頭グラビアを飾るはずだった那佳の写真は巻末に回され、インタビューも僅か200字、1段に短縮された形での掲載となっていたのだ。

これは某関西系の歌劇団48名がスオムスを慰問に訪れ、レビューを披露した記事が、急遽、掲載されることになったため、とされている。

黒田の本家でも『陣中倶樂部』を軍の伝で入手したが、当主が那佳の記事を見つけるのに苦労したとのこと。

黒田那佳と歌劇団。

写真映え、ネーム・バリューその他を考えれば、後者をメインに据えたのは当然の編集方針だったが——

「おにょれ、歌劇団、許さん！」

那佳が歌劇団に異常な対抗心を燃やすようになったのは、一説によるとこの一件がきっかけだった、と伝えられている。

赤貧

インターミッション
INTERMISSION

NOBLE WITCHES
Shimada Humikane & Projekt World Witches

通常の哨戒（しょうかい）任務を終え、帰投して洗濯（せんたく）したての私服に着替（きが）えた昼下がり。

「それじゃ、行ってきま～す」

自由時間を市内で過ごすことをハインリーケに伝えた那佳（くにか）は、市内行きのバスに乗り込んでいた。

兵士や軍属、その親族のために、セダン市は1時間に1本、市内と基地とを往復するバスを運行させている。

もちろんウィッチの場合、運賃はただ。

那佳が今乗り込んだ――ただでなければ確実に歩いている――のは、その市営バスだ。

「同行します」

バスの扉が閉まる寸前。

13号が同じバスに駆（か）け込んできた。

「急なお出かけですね？」

息を整えた13号は、探るような視線を那佳に向ける。

13人の『ガリアの子ら』の中でも13号は特別に、教授から直々に那佳の観察と分析を命令されていた。

強襲以来13号は、那佳の睡眠時間と哨戒任務中を除くほとんどの時間を彼女の監視に費やしていたのである。

「これでもね、お姉さん忙しいんだよ～」

那佳は血のつながった妹に向けるような笑みを13号に返し、後部座席に座った。

「何をなさるおつもりですか？」

13号は感情のこもらない声で尋ねながら、その隣に腰を下ろす。

「ついてくるんでしょ？　まあ、見てれば分かるって、13号ちゃん」

「ちゃんは不要です」

「ん～。な～んか、呼び難いんだよね、13号って。13号は最後だからまだいいとして、5号と6号って区別つく？」

バスに揺られながら、那佳は考え込む。

「そうだ！　私がみんなに名前をつけてあげるよ！　1号から順番に頭文字がA、B、C

ってなるようにつけよっか？　ええと、まずはアンジェラ、バーバラ、キャトリーヌ、ドロシー、エマ、フローレンス、Gは……ガ、ガートルード？」

「不要です」

13号は遮る。

「そんなこと言わないでさあ。第一、名前がないと呼ぶ時不便だよ」

「番号で十分です、不便と仰る意味が分かりません」

「不便は便利の逆だよ」

「いえ、不便という単語の意味が分からないと言っているのではなく――」

大抵まともな人間は、那佳の相手をしていると調子が狂ってくる。

強力な催眠下にある者でも、それは同様のようである。

13号の凍りついたような顔に、ほんの僅かだが苛立ちと焦りの色が浮かぶ。

「ねえねえ、あれ！　あれ、分かる？　あそこの農場で作るチーズ、サンドウィッチにすると――」

那佳は窓の外の風景を指さしながら、切れ目なく13号に話しかけ続ける。

「…………」

話の内容に有用な情報はないと判断したのか、この後、13号は無視を決め込んだ。

「ほら、こっちこっち！」

バスが中央広場で停車すると、那佳は13号の手を取って飛び降りた。

那佳が13号を連れてきたのは、いい香りが漂ってくる焼き菓子の店だ。

「おっばさ～ん！」

那佳が扉を押して中に入ると、チャリンとドアチャイムの音がした。

「あら那佳ちゃん、今日も手伝ってくれるの？　任務もあるのに、大変だねえ」

商品棚の前にいた小太りの女主人は、那佳を見ると顔を綻ばせる。

「大丈夫、大丈夫！　今日も頑張るよ～！」

那佳は右手に力こぶを作ってみせると、状況が把握できずに立ち尽くす13号を女主人に紹介する。

「っと、この子も一緒でいい？　今度基地に来た仲間なんだけど」

「ああ、人手は多い方がいいよ」

女主人は大きく頷くと、いったん店の奥に向かう。

「私に何をさせようと？」

13号は用心深く尋ねる。

「お仕事の手伝い。別に構わないでしょ？」

「手伝い、とは？」

13号が眉間にしわを寄せたその時。

「はい、いつもの分」

女主人が戻ってきて、ピンク色の焼き菓子が入ったバスケットを那佳に渡した。

「これは？」

13号は女主人と焼き菓子を交互に見る。

「おやおや、知らないのかい？　ビスキュイ・ローズっていって、このあたりじゃ大して珍しくもない菓子なんだがねえ？」

「……記憶にない」

「ほら、ひとつ食べてみなさい」

女主人はビスキュイを13号の手に握らせる。

13号は躊躇う様子を見せたが、女主人がじっと見ていることに気がつき、ビスキュイを口に運んだ。

その瞬間、香しいバラの匂いが広がる。

「……美味」

そんな感想が思わず、13号の口をついて出た。

「でしょ〜？」

那佳はニッと笑う。

「これを1個売ると、私の儲(もう)けは4サンチーム。だから、25個で1フランね。てことは、このバスケット1杯(ぱい)でなんと2フラン！　頑張って売ろう！」

「我々で、これを？」

「活動停止中にね、市民との交流ってことで名誉(めいよ)隊長が『バレないようにやるなら構わない』ってバイトを認めてくれたんだよ。活動停止は解除されたけど、バイトをやめろとは言われていないから」

那佳は秘密だよ、というようにウインクした。

「これは軍法会議ものの——」

行為(こうい)だ、と言いかけた13号の口を、那佳がふさぐ。

「もう、固いこと言いっこなし。みんな、喜んでくれてるんだし」

「……みんな、とは？」

13号は那佳の手を振(ふ)り解(ほど)いた。

「来れば分かるって」

バスケットを左脇に抱えた那佳は、右手で13号を引っ張って通りに飛び出していった。

「ビスキュイはいかが～!? おいしいおいしい、焼きたてのビスキュイだよ～!」

市庁舎前の中央広場にやってくると、那佳は声を張り上げた。

その声に、通行人たちが振り返り、足を止める。

「ほら、13号ちゃんも声出して」

「私も?」

13号は聞き返す。

大規模な破壊工作。

拉致、監禁に尋問。

闇に乗じての暗殺。

大抵の事態に対応できるよう、13号の記憶は上書きされている。

だが、こうした状況——路上における商業活動——への対処法は、記憶のどこを探しても存在しなかった。

「張り切って売ろうよ」

「ビスキュイは……いかが?」

13号はいかにも慣れない様子で声を絞り出す。

「おっ、可愛い子だね。おじさん、ひとつ買ってみようかな？」

ベレー帽を被った職人風の男が近づいてきて、那佳に微笑んだ。

「ひとつじゃなくて、４つ買ってよ。おじさんとこ、奥さんと女の子がふたりいるでしょ？」

馴染みの客なのか、那佳は右手の指を４本立ててみせる。

「まったく、那佳ちゃんにはかなわないなあ」

男は噴き出し、財布を取りだした。

「あの、本当に買って下さるのですか？」

13号はビスキュイを新聞紙で作った袋に入れながら男に尋ねる。

「ああ、その娘ふたりだって、このご時世、那佳ちゃんたちが街を守ってくれてるから無事でいられるんだ。その感謝を込めて」

男は、13号のピンク色をした小さな手の中に、銀貨を二枚置いた。

その後もほとんど絶え間なく客がやってきて、バスケットの中のビスキュイはすぐに売り切れた。

那佳は店に戻って女主人に売り上げを渡し、お駄賃を受け取る。

「さあ、次行くよ！　今度は配管工事の手伝い！」

「……あ」

那佳はまたも13号の手を握り、別の店へと急いだ。


その後も。

那佳は次々と店を回り、すべての店で仕事の手伝いを終えた頃にはもう日が落ちかけていた。

「中尉」

帰りのバスの中で13号は質問する。

「今日だけでいくつの軍規違反を犯したか、ご理解していますか？」

「ううん」

那佳はさすがに疲れた様子で首を横に振った。

「……7つです」

「意外と少ないんだ？」

どうやら当人、もっとしでかしていたと思っていたようだ。完全なる確信犯である。

「同じ軍規に複数回にわたって違反していますので」

「あはは、そっか」

那佳に悪びれる様子は全くない。

「理解不能です。営倉行きになるような行為を何故、なさるのです？」

那佳の今日の行動に、全く合理性が見られないことに13号は警戒心を覚える。

何か13号に見えないところで計画が進行していて、那佳はその目くらましとして行動しているのではないかと疑ったのだ。

「ん～」

那佳は腕組みをする。

「やっぱあれだね。郷里のじっちゃんばっちゃんに仕送りしないといけないんだけど、ほら、このところ活動停止でお手当少なかったでしょ？　だからその分、何とかしなきゃなあって」

「中尉のご実家が困窮しているという情報はありませんが？」

もちろん、13号は完璧な那佳のプロフィールを記憶している。那佳が養子として入った黒田の本家は華族でかなりの資産家。実家の暮らし振りも、中の中といったところである。

「うちは普通だよ。……まあ、私個人は赤貧だけどね」

現在、那佳は1世紀分以上のデザートの負債を抱えている。イザベルとの賭けに負け続けた結果である。

「うち、共働きだったから、私、じっちゃんとばっちゃんに育てられたんだ。で、こうして軍に入ってお給料もらえるようになったでしょ？　だから、育ててもらった恩返ししようと思って」

那佳は体を捻り、リアウインドウ越しに赤く染まるセダンの街に目をやる。

「……あとね。このセダンも戦災でたくさん人が死んでる。人手の足りない店も多いんだ」

「だから、その手伝いを？」

13号は、通常の人間には自分には存在しない「感傷」というものがあることを理解している。

感傷もまた、欲望などと並ぶ人間の行動規範のひとつ。

つまり、那佳の行動にもそれなりの合理性があったということだ。

この結論に13号の分析能力は納得した。

「ま、そ～ゆ～こと。あとこれ、まだ秘密なんだけど、グリュンネ少佐が近々引退するでしょ？　その日までにお世話になったお礼のプレゼント、買う資金も貯めないとね」

どうやらそっちが本命のようだ。

那佳は笑い、今日稼いだ額のちょうど半分を13号に渡した。

「これ、君が働いた分」

「これを私に？」

「当然」

「…………」

人間は通常、己の利益が最大になるように行動するもの。

この金銭の授受が、黒田那佳に何の利益をもたらすのか？

13号の中にまたひとつ、那佳に対する疑問が生まれた。

「じゃ、私はこれから少佐と夜間哨戒に出るね」

バスを降り、基地内に戻ると那佳は格納庫へと足を向ける。

「私も通常任務に戻ります」

13号は敬礼した。

「じゃなくって。こういう時はね、また明日って言うんだよ」

那佳は向き直り、後ずさりしながら小さく手を振る。

「……また、明日」

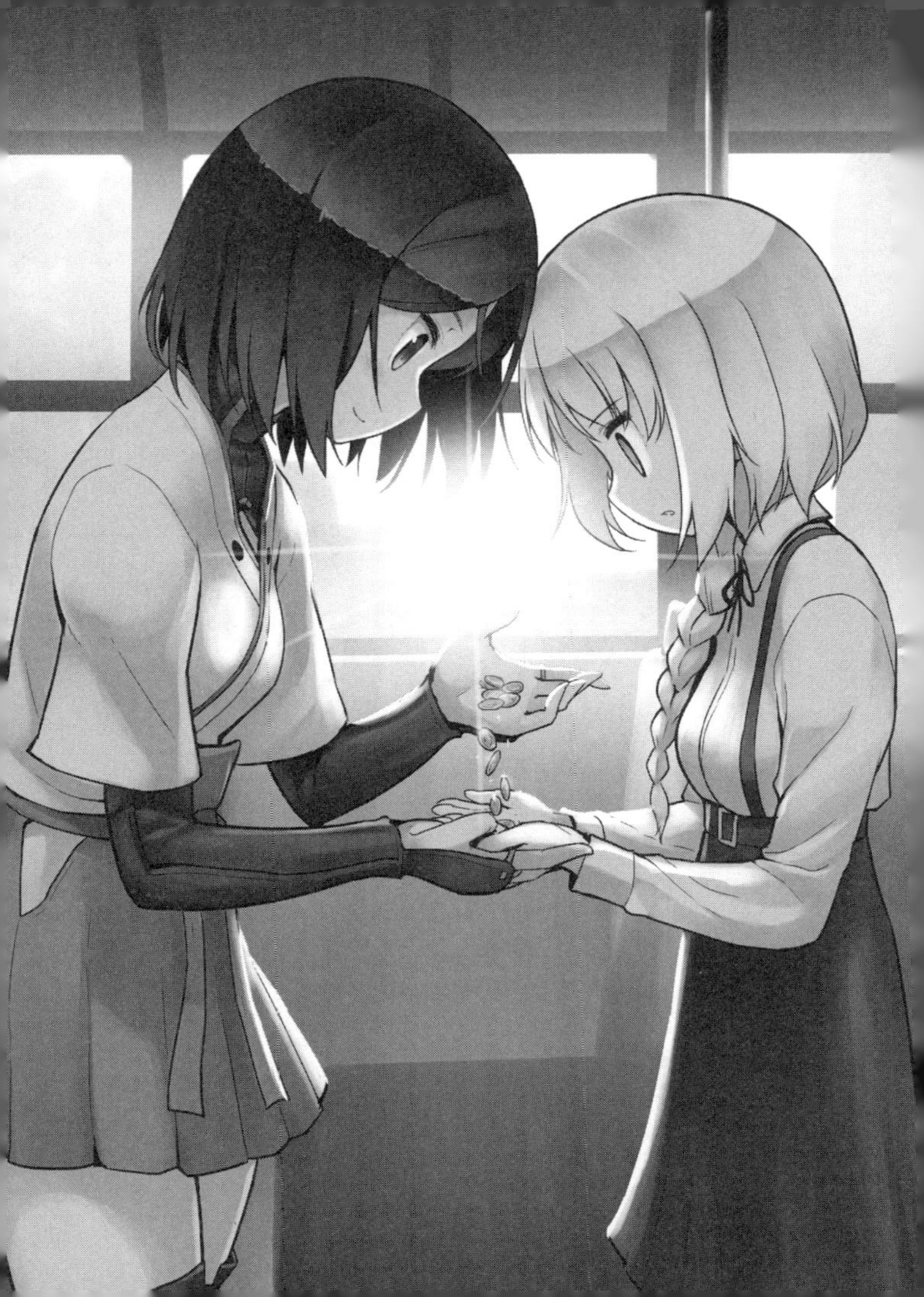

13号も手を振り返した。

「うん！　まったね～！　うわっ、急がないと叱られる～っ！」

那佳はニッと笑いかけると、踵を返して格納庫に走る。

13号は那佳の姿が消えるまでその場に残った。

「交替時間だ。5号から8号、シフトにつけ」

与えられた部屋に戻ると、13号は部屋に残っていた『ガリアの子ら』のメンバーに命令を下した。

『ガリアの子ら』は4名ずつ8時間ごとの3交替制を取っている。

それぞれがロザリー、ハインリーケ、アドリアーナ、イザベルを監視対象とし、13号は常に那佳の監視を担当する。那佳が眠りに就いている間、もしくは不在の折に、13号は仲間に指示を与え、司令部の教授に報告を入れる体制になっている。

交替のメンバーが部屋を出ると、13号はシリンダーが幾つも付いた大型のタイプライターらしきものを革のケースから取り出し、机に置いた。

4号が扉のそばに立って廊下に人通りがないのを確認すると、13号はキーボードを打ち始める。

打ち込んだ文章はシリンダーで暗号文に変換され、教授の許に送られる。

当然、ロザリーはこの通信を傍受しているだろうが、以前、自由ガリア政府の諜報員が使用していたものよりも遥かに高度な暗号化がなされており、解読は不可能に近い。

この報告には当然ながら、那佳以外の監視結果も併記される。

本日付け、分析報告

ハインリーケ・プリンツェシン・ツー・ザイン・ウィトゲンシュタイン少佐。

アドリアーナ・ヴィスコンティ大尉。

両名はその言動より潜在的敵対者と認識。何らかの懐柔策を検討されたし。

ロザリー・ド・エムリコート・ド・グリュンネ少佐。

『ガリアの子ら』への脅威度不明。王党派への態度は明確ではないが、注意を要する。

イザベル・デュ・モンソオ・ド・バーガンデール少尉。
韜晦の術に長け、その立場を明確にしてはいないが、ブリタニア空軍入隊の経緯から推察して、行動力はA部隊でも一、二を争う。監視を怠らないことが肝要。

サマンサ・スペード。
リベリオン・ニューヨーク出身。非ウィッチ。潜在的敵対者。排除の必要あり。

黒田那佳中尉。
『ガリアの子ら』への脅威度ゼロ。むしろ、隊の通常任務の妨げである。完全に無害。

（…………）
13号は少し考えてから訂正する。
前文抹消。
基本的に無害。

13号は、最後に署名代わりのコードを入力すると、通信を終えた。

同時刻。

セダン基地の通信室において、ロザリーは暗号解読の訓練を積んだ通信班員に尋ねていた。

「どう、解読できそう？」

「まあ、鍵を頻繁に変えている上に、通信文が短く、推測のヒントになる情報も悲しいくらいに少ないんでかなり難しそうですけど、任せてください。これでもケンブリッジじゃ、アラン・チューリングと同期だったんですから」

通信班員は13号が発した通信内容を書き留め終えると、顔を上げてロザリーを見る。

チューリングの名は、ブリタニアでは有名だ。ネウロイの発する信号を一種の暗号と考え、その内容を解読しようとしている変わり者の数学者である。

「まあ、成績じゃアランの足元にも及ばなかっただろうって言われたらその通りなんですが、ともかく大船に乗った気で——」

解読を担当する通信班員は言い直した。

「まあ、中型の漁船にでも乗っている気で待っててください」

ちょっとしたジョークだが、これで通信室の張り詰めていた空気が緩む。

「同じ軍の内部で諜報戦を繰り広げることには抵抗があると思うけど、これはみんなを守るのに必要なことなの」

ロザリーは言った。

「我々は少佐を信じていますので」

解読担当者の言葉に、通信室の全員が頷く。

「期待しているわ」

ロザリーはクスリと笑うと、通信室を後にした。

咲き誇るガリアの高貴なる華たち

『ル・モンド』紙　第1面の見出しより

第二章 CHAPTER 2

敵視

「おほ、おほ、お〜っほっほっほっほっほっほっ……げほげっほ！」

空をうっすらと雲が覆い、連日の暑さもひと息という気配が漂う午前10時。

簡易休憩所に姿を見せた那佳は突然、唇の端に反対の手の甲を当て、珍妙な高笑いを発すると、途中でむせた。

「……何のつもり？」

「何か脳にくるものでも食べたか？」

那佳の様子を見て、イザベルとアドリアーナが顔を強ばらせる。

「ほら、私って基本、庶民的なアイドルじゃないですか？　でも、この前の『陣中倶楽部』の記事といい、これからは私の華族的な側面が注目を浴びると思うんですよ。で、そういう高貴な振る舞いを勉強しようってことで、まずは——お〜っほっほっほっほっほっ！」

那佳は再び、不気味極まりない笑い声を上げた。

「いや、庶民的ってとこは置いとくとしても、そもそもアイドルじゃないだろ？」

真っ先に突っ込んだのは、アドリアーナである。

「で、その奇天烈な高笑い、誰に習ったの？」

呆れたように尋ねたのはイザベルだ。

「この前、ディジョンに行った時に、カーラに教わったんだ。これがガリア貴族らしい振る舞いだって言ってた」

「……納得」

ならば仕方ない、というようにイザベルは軽く肩をすくめた。

とはいえ、これがガリア貴族の典型だと口にしようものなら、ガリア社交界から抗議の嵐という羽目になるのは火を見るよりも明らかである。

と、そこへ。

「黒田那佳中尉！　たった数日マスコミに持ち上げられただけで浮かれるでない、このうつけ者が！　こうした時なればこそ、綱紀粛正じゃ！」

外からもけったいな高笑いが聞こえたのであろう。

格納庫で整備の監督をしていたハインリーケがつかつかと戻ってきて、那佳の脳天に拳の爆撃を加えた。

「そもそもじゃ！　非番だからといってストライカーユニットを私用で使い、ホイホイとディジョンくんだりまで遊びに行くでないわ！　それにグリュンネ少佐から聞いたところでは、そなた、遊びに行く度に名誉隊長に出張手当を請求しとるそうではないか!?」

「う～、鉄拳制裁反対！」

那佳は涙目で抗議する。

「少佐、多少は大目に見てもいいんじゃないか？　A、B両隊の連携を深めることにもなるだろうし、どうせまたうちの隊のことだから、すぐに奈落の底に叩き落とされるだろうし、今だけだ、今だけ」

アドリアーナは噴き出しそうになるのを堪えながら、那佳を庇った。

「そうそう。それまではこの世の春を謳歌しましょうよ、少佐～」

那佳がコロッと表情を変え、頬を緩ませたところに――

「みんな」

ハインリーケが開けっ放しにした扉からロザリーが足早に入ってきて、一同を見渡した。

「ネウロイが現れたわ。トロワに向かって侵攻中よ。レーダー室からの報告では、中型が5機」

トロワはセダンの南南西約190キロ。

古くはシャンパーニュ伯領だった、中世の趣を強く残す自治都市である。

「トロワならば、どちらかと言えばディジョンの方が近いであろう？」

ハインリーケが問いかけるように、右眉を僅かに上げた。

「……いや。たぶん、トロワに至るネウロイの進路がセダン寄りで、こちらから出撃した方が早くネウロイとの戦闘に持ち込めるってことじゃないのか？」

急に引き締まった表情になったアドリアーナが、地図を広げて確認した。

「ていうか、せっかく僕たちを広告塔にしたんだから、なるべく花を持たせたいんじゃないの？」

というのはイザベルの身も蓋もない発言だが、おそらくはそれが真相。

ガリアを守るのは高貴なる義務を背負った貴族たち、と喧伝されるためには、やはりA部隊が新聞の第1面を飾るのが最も効果的だからだ。

「理由なんてど～でもいいじゃないですか？　出撃できるんなら大歓迎ですよ」

那佳は早くも守銭奴モードに突入である。

「おっ、手当狙いだな？」

アドリアーナもこれには緊張をやや緩め、笑顔を返す。

「今日も張り切って、撃墜手当を頂きですわ～！　えと、お～っほっほっほっほっほっ！」

拳を握りしめた那佳は、取って付けたようにガリア式（？）の高貴な高笑いを見せた。

「士気が高いのは悪いことではないとはいえ、動機が邪過ぎるわ！」

ハインリーケが、那佳の頬をギュウウ～ッと抓る。

一方。

「トロワ、ちょっと厄介ね」

ロザリーは地図を見つめながら、浮かぬ顔で呟いていた。

「え、何でです？」

頬を抓られたまま、那佳が振り返る。

「トロワって、前にその近くで模擬戦をやったとこでしょ？」

「トロワは歴史的に市民の街だからな。王権とはずっと一線を画していて、自主独立の気風が強いんだ。王党派との対立関係は、中世にまで遡るらしいぞ」

何故、この状態で那佳の質問が聞き取れたのかは謎だが、事情を知るアドリアーナが説明する。

「うむ。その上、ガリア解放以前は何度も激戦の舞台となっておる。結果、人口も3分の2にまで減少したようじゃ。街を積極的に守らなかったと、自由ガリア政府に対しても市民は不信の目を向けている。王党派と共和主義者の、微妙な政治的駆け引きの犠牲者じゃな」

頷くハインリーケは、まだ那佳の頬を抓ったままだ。

すると、その場にさらに――

「名誉隊長、戦闘隊長」

13号が姿を見せ、敬礼した。

「報告いたします。トロワの市民が、避難勧告を拒否しました」

「恐れておった通りになったのう」

ハインリーケが唸った。

「で、やはり戦闘圏内にトロワは入るのかしら？」

ロザリーが13号に確認する。

「遭遇ポイントは、トロワの北北東約20から15キロ。戦闘が比較的短時間で決着した場合でも、トロワ上空が戦場となる可能性は60％。中型5機ですので、何らかの理由で進路を変更しない限り、今までの戦闘データから割り出した戦闘予想時間では95％の確率で戦場となります」

13号は計算結果を一切の感情抜きで伝えた。

「みなの者、ゆくぞ！　まずは市民を説得して避難させるのじゃ！」

ハインリーケが、ようやく那佳の頬から指を放した。

「避難勧告から避難命令にグレードアップだね」

「やれやれ、面倒なこった」

イザベルとアドリアーナが格納庫へ急ぐ。

「我々も出発します」

13号がハインリーケに告げた。

「ここからトロワまで、陸路だと2時間以上かかるでしょ？　君たちが到着する前に、戦闘終わっちゃってるんじゃないかな？」

赤くなった頬をさすりながら、那佳が聞く。

「前回の戦闘を詳細に分析した結果、我々は目的地とセダンの間に補給ポイントを設けるべきだという結論に達しました。セダンから小型輸送機で移動し、補給ポイントを設置することによって、弾薬切れやストライカーユニットの損傷が発生した場合でも、戦闘空域離脱後、数分で復帰可能となります」

「それは心強いな。では、先に設置に向かうがよい」

『ガリアの子ら』の提案に、ハインリーケが許可を出す。

「了解」

13号は敬礼して簡易休憩所を後にした。

「幸い、今回は多少だけど時間的余裕もあるわ。私も現地に飛んで市民の説得に当たります」

ロザリーがハインリーケに告げる。

「大丈夫なのか？」

「ええ、戦闘は無理でも、話し合いぐらいは出来ると思うわ」

「確かに交渉なら、わらわよりもそなたの方が適材じゃが……」

那佳たちが出撃準備に入るなか、ハインリーケは躊躇いを見せる。

「任せて。勘は鈍ってない――はずだから」

ロザリーはウインクしてハンガーに向かった。

だが、離陸寸前。


「は、班長さん！」

ロザリーは自分のスピットファイアを前にして、肩をワナワナと震わせていた。

「どうして私の機体、ピンクのままなのかしら!?」

このド派手なピンクは第506統合戦闘航空団の正式お披露目の式典のために塗られたもの。

だが、あれから数か月が経過したにも拘わらず、そのままになっていたようだ。

「おおっと~、忙しくてつい忘れてました。ほら、少佐あまりお使いにならないし」

整備班長の言い訳は、少しばかりわざとらしい。

「塗り替えて！　今すぐ！」

「んな無茶な」

ロザリーに詰め寄られ、整備班長は後ずさりする。

「名誉隊長、時間がないぞ！」

すでにハンガーに飛び乗ったハインリーケが急かした。

「……うう。ほんと、精神衛生上よくないわ」

ロザリーは渋々ピンクのスピットファイアを装着すると、発進態勢に入った。

「全員、出撃！」

「黒田中尉、行っきま~す！」

「ヴィスコンティ大尉、出る」

「バーガンデール少尉、行きます」

少女たちの体から使い魔の耳と尾が出現すると同時に、５対の魔導エンジンが起動する。

ウィッチたちは徐々に光のプロペラの回転数を上げると、滑走路から灰色の空に向かって飛び立っていった。

＊　　　＊　　　＊

「あそこかな？」

灰色の建造物が集中する中世都市が眼下に見えてくると、逆Ｖ字型の編隊を維持し先頭を飛ぶハインリーケに那佳は尋ねた。

「然り。降下するぞ」

５機はトロワの市内、人が集まっている中央付近の広場に向かって高度を落としていった。

その広場に集まっていた市民は百数十人。

市民はウィッチたちが着陸するスペースを空ける。

そして、那佳ら全員が噴水を取り巻くように石畳の上に着地すると、遠巻きにして、友好的とは到底言い難い目を向けた。

「うわ、断頭台に向かうラスネールにでもなった気分」

刺すような視線に、イザベルが肩をすくめる。

「ラスネール？」

と、那佳が小声で尋ねた。

「100年ぐらい前の、有名な悪漢。扶桑で言えば……河内山宗俊？」

ここで卑近な例として石川五右衛門を挙げないあたり、イザベルもなかなかの扶桑通になったものである。

「ああ、知ってる！　こないだ映画で見た！　カッコよかった～！」

映画というのは今年公開されたばかりの『天井桟敷の人々』のこと。

ラスネールは、その主要登場人物のひとりなのだ。

「うんうん。ああいう人になりたいよねえ？」

「………まあ、それで黒田さんがいいんなら」

ラスネールは犯罪者である。

最後は死刑である。

とはいえ、イザベルは那佳の志にあれこれ因縁をつける気はなかった。

一方。

「この中に、市の代表の方は？」

ネウロイのトロワ到達までの残り時間を気にかけながら、ロザリーは市民に尋ねかけていた。

「あの連中、ディジョンのリベリオン人部隊じゃないな」

「てことは？」

「ああ」

市民らは小声で何事か相談していたが、やがて、ひとりが進み出た。

「私は市議会のメンバーだ」

咳払いしてから、その男は言った。

「ネウロイがこのトロワに向かっています。みなさん、直ちに避難を――」

早口で促すロザリーを、市議会議員は遮る。

「避難勧告は拒否した。パリにも伝えてある」

「これは避難勧告ではない。避難命令じゃ」

ロザリーと並ぶように立ったハインリーケが、市議会議員に告げた。

「悪いが、あんたらの指図は受けない」

市議会議員は首を横に振る。

「そ、そうだ！」

「お前たちの命令なんぞ、聞く気はない！」

「帰れ、王党派の手先ども！」

「自分たちの街は、自分たちで守る！」

猟銃や軽機関銃の類を握った市民たちが、こぞって言い募った。

無論、こうした武器で、魔法力を持たない一般市民がネウロイに太刀打ちできるはずがない。

あたら死者を増やすだけだ。

「その程度の武装で、ネウロイどもと如何ように戦うというのじゃ？」

ハインリーケは苛立ちを隠そうともしない。

現在、トロワに迫りつつある中型ネウロイは、進行速度こそ速くはないものの、数が5機と多いのである。

「敵わぬまでも、王党派の情けは受けぬ」

杖を突いた白髪頭の老人が首を横に振った。

「ちょ、ちょ～っと待って！　私たち、別に王党派じゃないよ！」

那佳がハインリーケと老人の間に割り込んだ。

「嘘をつけ！　お前ら、セダンの連中じゃないか！」

「知ってるぞ、セダンのA部隊は、王党派の広告塔だろうが！」

市民の間から反論の声が上がる。

「それまで私たちを笑い話のネタにしかしていなかった保守系の新聞までもが、急に礼賛し始めたんですもの。そう思われても無理はないわね」

ロザリーはため息を漏らし、インカムでディジョンと連絡を取る。

こうなってしまったら、市民との交渉はB部隊に任せた方がいいとの判断だ。

ただ、これから間に合うかどうかは、既にかなり微妙なところとなっているのだが。

「ディジョンのB部隊を呼ぶんだな！」

「そうだ！　リベリオンの連中は共和派だ！」

「共和国、万歳！」

「王党派は引っ込め！」

「お前たちじゃ、話にならない！」

「王党派は結局、俺たちの自由を奪う気だろうが!?」

「リベリオン人なら、ともに戦ってくれるはずだ！　自由のために！」

市民たちの声は一段と大きくなり、『ラ・マルセイエーズ』の歌声が自然と上がった。

リベリオンはブリタニアからの独立戦争の際、ガリア共和主義者の支援を受けたという歴史がある。

今でもガリア国内の共和主義者には、リベリオンのシンパが多いのだ。

しかし。

「みなさん」

ロザリーは市民を制し、ディジョンとの通信の内容を告げた。

「B部隊は現在、別のネウロイと交戦中です」

「つ、つまり、こっちには来られないってことか⁉」

トロワの市民は、一様に落胆の色を浮かべた。

「みなさ～ん、あと10分ぐらいでこのトロワの街は戦場になっちゃうかも知れないんですよ？　取り敢えず、避難しましょうよ」

と、那佳も説得を試みるが――

「いや」

市議会議員が市民の声を代表する。

「たとえ避難命令であっても、トロワ市民は従わない。それが我々の総意だ」

「……そ～いって？」

那佳はこっそりイザベルに聞いた。

「みんなのまとまった意見」

イザベルが那佳の耳にささやく。

「お若いの。以前はわしらとて、外部の者を頼ろうとしたこともあった」

杖を突いた老人が、頬の痩けた顔を横に振る。

「じゃが、助けはこなかった。助けを待つうちに、多くの者が死んだ。家々も美しかった街並みも、数多くの思い出とともに焼け落ちた」

「確かに、ガリアの解放前はあちこちで激戦が繰り返され、手が回らなかったことは認めよう。じゃが、今はこうしてわらわたちが来ておるではないか？」

ハインリーケは――彼女としては最大限に忍耐強く――続けた。

「わしらにはもう、失うものは何もないのじゃよ、誇り以外にはのう」

老人は笑った。

「誇りのために、命を捨てると？」

「街と運命をともにできるのなら、本望じゃ」

「……相分かった」

ハインリーケは頷き、ウィッチたちを振り返る。

「我らはこれよりネウロイの迎撃に移る！」

「これでいいんですか!? 見殺しにするんですか!? いくら少佐が庶民の心の機微に疎くって、口が悪くて、人情に欠けて、態度の大きい人だからって！」

那佳は抗議した。

「落ち着けい、うつけ者。要はわらわたちが、ネウロイが街に達する前に全機撃墜すればよいだけのことじゃ。……というか、黒田中尉、後半はただのわらわへの悪口じゃろうが!?」

ハインリーケは、今度は那佳の両頬を目いっぱい左右に引っ張った。

「……ごめんなさいです」

意外と柔軟な那佳の顔は、横が2倍に伸びていた。

「ま、厳しいが、やるしかないってことか」

「厳しくなかったことなんか、記憶にないけど」

アドリアーナがチェシャ猫のようにニヤリと笑い、イザベルが合いの手を入れる。

と、ほぼ同時に。

『こちら「ガリアの子ら」13号』

インカムに13号からの連絡が入った。

『補給ポイントの設置が完了しました』

「ご苦労」

と、ハインリーケは短く返す。

『戦闘隊長、トロワの街には、遮蔽物として利用可能な建造物が多数存在します。戦術的に、市街戦を提案します』

「市民の被害は度外視か？」

『506の戦力の維持のためです。ウィッチの生存確率が何より優先されます。司令部の判断です』

「それは司令部よりの命令ではないな？」

『はい、飽くまでも提案です』

「では、却下する」

ハインリーケは地図を開き、一同に見せる。

「よいか、みな。最終防衛ラインは、街の北北東4キロとする」

白い指が地図上に直線を描いた。

「了解です！」

那佳は拳をバチンと左の手のひらに叩きつける。

「1機だって、街には近づけさせませんよ！」

「じゃ、そういうことで」

「とっととやっつけ、とっとと帰るか！」

那佳、イザベル、アドリアーナの3機は飛び立ち、最終防衛ラインへと向かう。

そして――

「私は足手まといにならないよう、ここに残るわね」

ロザリーはハインリーケにそう告げた。

「万が一のため、これを預けておく。こやつなら、一撃で仕留められるはずじゃ」

ハインリーケは、薄殻榴弾（マインゲシヨス）を装塡（そうてん）したMG151／20をロザリーに渡し（わた）、代わりにロザリーのブレンMk.Ⅳを握る。

もともとMG151／20は、爆撃機（ばくげき）の防御（ぼうぎょ）銃座として使用されていた大物である。

かなりの反動があり、ハインリーケ以外の者が扱う（あつか）のはキツい。

だが、その巨大（きょだい）なフォルムは、市民を安心させるためには役立つはずだ。

たとえ、多くの市民が、ロザリーが残ることを望んでいないとしても。

「軽いわ」

ロザリーはちょっと見栄（みえ）を張った。

「ではな」

「ええ」

ハインリーケは那佳たちに追いつくべく飛翔し、ロザリーはその背中を見送った。

「アイザック君。あれ、何に見える？」

最終防衛ラインに近づくにつれ、トロワに向かって侵攻中のネウロイの機影がはっきりと見えてきた。

「土星？」

那佳の質問に、目を細めるイザベル。

確かに5機のネウロイは半径5メートルほどの回転する球体に、薄い円盤がついているような外見をしている。

「え〜、麦わら帽子かぶった丸顔のおじさんに見えない？　母さんの田舎のお隣のおじさんにそっくり」

「ええい、そなたらには戦闘前に緊張するということがないのか⁉」

インカムを通じてのふたりの掛け合いに、ハインリーケが苛立たしげに割って入る。

「リラックス、リラックスですよ〜、少佐」

那佳とて、曲がりなりにもそれなりの修羅場を潜り抜けてきた古参兵である。当然、軽口を叩きつつもMG42はしっかりと構えている。

「正論だが、そなたに言われると腹が立つわ！」

と、ハインリーケが返した瞬間。

土星型ネウロイはウィッチたちに向け、円盤の縁からビームを放った。

ビームは空気を切り裂き、那佳たちに迫る。

「全機、回避！」

ハインリーケの命令で、ウィッチたちは四方に散るように回避行動を取る。

「！」

ビームの洗礼は、那佳が張ったシールドを眩しく輝かせた。

「熱烈歓迎だね。……どこかの市民より」

那佳から見て10時方向に位置するイザベルが海老反りのような姿勢で螺旋を描きつつ、一番近いネウロイにボーイズ対装甲ライフルの照準を合わせる。

「この歓迎は歓迎できないがな！」

そのイザベルのやや下方、7時方向でアドリアーナが、別のネウロイにフリーガーハマーを向けた。

「反撃開始じゃ！」

ハインリーケはブレンガンのトリガーを絞り、ありったけの弾丸を叩き込む。

鉛の弾は球体状のネウロイの装甲に食い込み、卵の殻を割るように剝いでゆく。

だが、中型ネウロイのコアを露出させるまでには至らない。

「大型並みの装甲か。難易度が増したな」

フリーガーハマーを以てしても、一撃では完全に破壊しきれず、アドリアーナも呟く。

「そなたらは1機ずつ集中攻撃で確実に墜としてゆけ！　わらわが残りを引きつけ――」

と、ハインリーケが命令を下そうとしたところに。

「お～っと、囮は私の役目でしょ！　少佐は集中攻撃に加わってくださいよ！」

那佳がネウロイの進行方向正面に飛び出していた。

「へへ～んだ！　当ったらないよ～！」

当然、那佳にビームが集中するが、那佳は舞い散る木の葉のようにヒラヒラとこれを躱し続ける。

「あやつ……、ええい、他の者はわらわに続け！」

ハインリーケたちはいったんネウロイと距離を取ると、その編隊の後方へと回り込んだ。

「撃て！」

ハインリーケ、アドリアーナ、イザベルはそれぞれ6時、4時、8時方向から、殿のネウロイに斉射を加える。

土星の輪の部分が割れ始め、球体部分も大きく削られていった。

「少佐、あんたいつもより盛大に銃弾バラまいてないか？」

自分も立て続けにトリガーを絞りながら、アドリアーナがちらりとハインリーケを見る。

「補給ポイントのおかげで、弾切れしても安心。このところ鳴りを潜めていたけど、少佐のハッピートリガー振りに、久しぶりに火がついた感じだね」

と、漏らしたのはイザベルだ。

「そらそらそらっ！」

脈打つように白く輝くコアが露出し、ハインリーケは撃墜を確信して笑みを浮かべる。

「いいぞ、このまま押し切れ！　まずは1機じゃ！」

しかし。

「……けど何か、うまくいき過ぎみたいな気が」

イザベルが、ふと疑問を口にした瞬間。

「っ!?」

アドリアーナの射撃が止まった。

ロケット弾の弾切れである。

「これじゃ少佐を撃ち過ぎだってからかえないな！　13号、弾切れだ！　これからそちらに向かう！」

アドリアーナは補給ポイントに連絡する。

『準備はできています』

冷静な声が返ってきた。

「少佐！」

アドリアーナはハインリーケを見る。

「ああ、こっちは任せておけ！」

ハインリーケは頷いて見せたが、これで仕切り直しである。

いったん、攻撃の手が止まったので、殿のネウロイはあっという間に再生し、ビームで応戦し始めた。

一方。

地上のロザリーは警戒の視線に晒されながら、刻一刻と変化する戦況に耳を傾けていた。

「……圧されかけているわね」

ロザリーは呟いていた。

「ま、拙いのか？」

この呟きを耳にした市民のひとりが、動揺を顕わにして助言を求めるように市議会議員を見る。

「落ち着け！　本当かどうか分かりはしない。我々を軍に協力させようとして、大袈裟なことを言っているだけかも知れん」

「そんなことをして、いったい私たちにどんな得があるの？」

ロザリーが市議会議員を振り返ると、議員に同調する数名の男たちがロザリーに銃口を向けた。

「決まっている！　ネウロイの脅威から守るためと称し、セダンと同じようにここにも軍を駐留させ、基地を構える！　そして、市民の反王党派的な活動を監視し、時には脅しをかける。中世から繰り返されてきた圧制の再現だ！」

議員も使い古された猟銃を構える。

正直、ロザリーはウィッチとしての限界を迎えつつあった。ストライカーユニットでの航続距離も全盛期と比べ格段に落ちているし、シールドを展開しても、完全にはネウロイのビームを防ぐことはできない。この距離で市民の一斉射撃を浴びたらどうなるか、想像したくもないところだ。

　だが――

「子供たちは？　子供たちも避難させないつもり？」

　ロザリーはさらに尋ねていた。

「子供は市庁舎に集めてある。市内で一番安全な建物だ」

「市庁舎？　そんなの、ネウロイのビームの前にはひとたまりもないこと、分かっているでしょう？」

「……自由という、崇高な大義のためだ！」

　議員は首を横に振る。

「大義、ね」

　ロザリーはいったん言葉を切り、周囲の男たちを見渡した。

「ここには女の人はいないみたいだけど、あなたたちは子供たちの母親に言えるの、大義のために子供の命を危険にさらすって？」

「何を言っても無駄だ。我々には信念がある」

　男たちのひとりが進み出て胸を張る。

「信念？　信念とか、政治的な信条なんて、私にとってはどうでもいいの」

ロザリーは市議会議員に歩み寄り、彼が握っている猟銃の銃口を自分の胸に押しつけた。

「なっ！」

議員の顔から血の気が失せる。

「共和主義者だろうが、王党派であろうが関係ない。誰の命も等しく重いのよ。私にとって大切なことは、その命を守ることだけ。間違っていると思うなら、そのトリガーを引きなさい。トリガーを引いて、証明して」

「………」

議員はその視線に耐えきれず、目を逸らす。

「せめて子供たちだけは避難させて」

「……いいだろう」

議員の負けだった。

周囲の市民たちも、議員に倣って銃を下ろした。

市民のひとりが言った。

「だが、逃がすにしても、かなりの人数だ」

「誰か、大型車輌を集めて」

ロザリーがみんなに呼びかける。

「わ、分かった！」

数名が車を探しに走っていった。

「子供たちはこちらだ」

議員はロザリーを市庁舎の方へと案内した。


数分後。

「ヴィスコンティ大尉(たいい)」

補給ポイントの『ガリアの子ら』13号は、降下してくるアドリアーナを出迎(でむか)えた。

「装填(そうてん)済みのフリーガーハマーです」

6号が3基のフリーガーハマーと予備のロケット弾をアドリアーナに持たせる。

「おいおい、1基は予備の予備として、3基は多過ぎだろ？」

それでなくとも重量のあるフリーガーハマーである。

「大尉の戦歴から判断し、大尉なら2基同時に使用できると判断しました。残りの1基はウィトゲンシュタイン少佐(しょうさ)用です。現在少佐が使用中のブレンガンでは火力が足りませんので」

13号が説明する。

「人使いの荒いのが増えたな」

アドリアーナはため息をつきつつも、上昇して最終防衛ラインに戻っていった。


「はい、慌てないでいいからね」

ロザリーは市庁舎前で、子供と女性を大型車に誘導していた。

バスやトラックなど、数十台が列を作り、順番に避難する人々を乗せてゆく。

「気をつけてね」

「ありがとうございます」

乳飲み子を抱いた若い女性に声をかけると、女性は何度も頭を下げ、幼い女の子たちの手を借りてトラックの荷台に乗り込んだ。

「我々は――」

子供たちを見ながら、市議会議員がロザリーの横に立った。

「議会の決定をすべての住民に押しつけていた。これでは、パリの自由ガリア政府と変わりはなかったな」

「踏みとどまることが決して悪いとは言いません。でも、生き残ることも戦いだと、若輩ながら私は思うんです」

「大人はこう考えてしまう。恐ろしいからといって逃げていたら、そんな親の姿を子供はどう思うだろう、とね」

議員はロザリーを振り返った。

「避難することを選んだ者は大人でも避難させる。残って戦う者はそうさせる。それでいいかな?」

「選択の自由は個人に属するものです」

ロザリーは頷いた。

「貴族とは思えない発言だね?」

議員の顔に初めて僅かな笑みが浮かぶ。

「ええ、自分でもそう思います」

ロザリーも議員に微笑み返していた。

「待たせたな!」

アドリアーナは最終防衛ラインまで戻ると、土星型ネウロイに立て続けに3発、ロケット弾を撃ち込んだ。

ロケット弾はそれぞれ別の土星型に命中し、その巨体を大きく揺らす。

「お土産だ！」

アドリアーナはビームを躱しながらハインリーケに接近し、３基のフリーガーハマーのうちの１基を投げ渡した。

「気が利くのう！」

ハインリーケはニッと笑うと、ブレンガンをフリーガーハマーに持ち替える。

「私じゃない、『ガリアの子ら』だよ」

と、アドリアーナが返す。

「よし、これで火力は十分！　一気に粉砕してくれるわ！」

「できるといいけど」

と、まだ不安を感じているのか、イザベルは呟く。

すると。

土星型だと思っていたネウロイが、輪の部分と球体の部分に分離した。

球体型は大きな円を描くようにして包囲にかかり、輪型はウィッチたちを分断するように切り込んでくる。

「もう、アイザック君がよけいなこと言うから！」

那佳の非難の目がイザベルに向けられる。

「僕のせい？」

イザベルは唇（くちびる）を尖（とが）らせた。

「バーガンデール少尉」

ハインリーケがふたりのやりとりに割り込む。

「はい」

「以後、発言を禁じる」

「僕のせいじゃないのに」

イザベルはちょっと不満そうだった。

「10機となると、ディジョンの手を借りられないのはキツいな」

ゆっくりと包囲網（ほういもう）を縮めてくる球体型に目をやり、アドリアーナが眉（まゆ）をひそめながらハインリーケに尋（たず）ねる。

「何か作戦は？」

「全部墜（お）とせばよいだけのことよ！」

「……あんたな、昇進（しょうしん）しても全っ然、進歩ないな」

「ええい、聞く耳持たん！」

戦闘（せんとう）開始当初の集中攻撃（こうげき）作戦はどこへやら。

ハインリーケは目の前の球体型に突っ込んでいった。

「まあ、結局僕らこんな感じだし」

そのハインリーケをイザベルが援護する。

「さっき、もう少しで撃墜するところだったからな！　球体型のコアは中心だって分かってる！」

アドリアーナはジグザグに飛びながら、ハインリーケの右翼にいる球体型ネウロイに接近しつつ、まず1発を放った。

白い軌跡を描くロケット弾が装甲を抉って深い穴を穿つと、さらに距離を詰めて肉迫したアドリアーナはフリーガーハマーを突っ込むようにして全弾を叩き込んだ。

球体型ネウロイは光の粒子となり、風船が弾けるように四散した。

「輪っかの方、数減らないよ！」

と、イザベル。

輪型と球体型が本来1機のネウロイなら、球体型の消滅とともに輪の方も1機消えるはず。

そうならなかったということは、輪型も固有のコアを持つということだ。

「輪っかは任せて！」

那佳は進行方向を軸に体を回転しつつ、輪型ネウロイに接近。その輪の中心に飛び込んだ。

輪の回転速度に合わせて体を回しているので、ネウロイの動きがよく見える。

「あれだね!?」

薄い輪の上面の一点に、楕円に見える小さな輝きがあることを那佳は発見した。

那佳は背負っていた槍を抜くと、その輝きを貫いた。

輪型は貫かれたコアから崩壊し、昇華するように光と化して消えた。

「見たか！　黒田家の伝家の宝刀、扶桑……扶桑――、アイザック君、何だっけ？」

那佳は見得を切ろうとしたが、途中で助けを求めるようにイザベルを見た。

那佳は抜群の記憶力の持ち主だが、それが発揮されるのは金銭と映画に関することのみ。それ以外についての記憶力は鳥並みなのだ。

そして――

「扶桑坊やだよ」

イザベルは少しばかり、人が悪かった。

「見たか、黒田家の伝家の宝刀、扶桑坊や……って、違～う！」

那佳は結構、付き合いがよかった。

だが、そう和んでいる暇もなく。

3時方向に1機。

9時方向に1機。

2機の輪型が那佳に向かって迫っていた。

「おっと！」

那佳はお尻を突き出すようにストライカーユニットを上に向け、魔導エンジンの出力を最大に上げた。

那佳の体は急激に、ほぼ垂直に降下する。

ビームが体をかすめ、学校のダルマストーブに顔を近づけた時のような熱気を那佳は感じる。

そして、2機の輪型が那佳の頭上を通過しようとしたその瞬間。

那佳は足を下に向け、急上昇をかけた。

「これで――」

那佳は重なった輪型の中心に飛び込み、コアがちょうど重なるタイミングで扶桑号を振り下ろした。

扶桑号は狙いを過たずにコアを真っ向から両断する。

ネウロイは光の渦となって消失した。

「——また２機撃墜で、合計３機！　お手当も３倍～！」

浮かれた那佳は、獲物を探して周囲を見渡す。

「え～と、お次は？」

「お次はない！」

那佳が輪型の相手をしている間に、ハインリーケが２機の球体型を屠っていた。

アドリアーナもさらに球体型を１機、イザベルも２機の輪型を仕留めている。

「……全機殲滅」

銀色の光の粒が降り注ぐ中で、ハインリーケは長い髪をかき上げる。

だが。

「待て待て待て！　計算間違いだって！　１機逃したぞ。ほら！」

慌てたアドリアーナが、またも弾切れ状態になったフリーガーハマーを持った手で下方を示した。

「何じゃと！」

ハインリーケは振り返り、トロワに向かって降下してゆくネウロイにフリーガーハマーを向けた。

だが。

「――ちぃっ！　この位置から撃てば、街にも被害が出る可能性が！」

ちょうど射線の先が、街の中心部だ。

「少佐、１機逃した！　そちらに向かっておる！」

ハインリーケはインカムでロザリーに呼びかけた。

『１機逃した！　そちらに向かっておる！』

「大丈夫、任せて！」

ハインリーケからの連絡を聞いたロザリーは、ＭＧ１５１／２０を持ち上げた。

いや、正確には銃床の床尾を石畳に引っかけるようにして銃身を上げ、空へと向ける。

「……あれね？」

「ネ、ネウロイだ」

ＭＧ１５１／２０が向けられている方角に目をやった市民がゴクリと喉を鳴らす。

「……来た」

ロザリーは唇を舐めた。

照準が球体型ネウロイの姿を捉える。

「コアは？」

『ど真ん中じゃ！』

と、ハインリーケが叫んだ瞬間。

「さよなら」

ＭＧ151／20のトリガーが静かに絞られた。

『名誉隊長、全機撃墜、任務終了じゃ！』

最後のネウロイが消滅したことを確認し、ハインリーケがロザリーに告げる。

「ええ。帰投しましょう」

ロザリーは答え、ＭＧ151／20のグリップから手を放した。

その手を強く握ったのは、議員だった。

続いて、市民が次々にロザリーに向かって手を差し出した。

もう言葉は不要だ。

トロワを覆っていた敵意は、ネウロイと一緒に消えていた。

こうして。

今回の出撃は、爽やかにエンディングを迎えるかに思えたが——

「そうそう。これ、ウィトゲンシュタイン少佐に返さないとね」

ロザリーはＭＧ１５１／２０をひょいと抱え上げようとした。

その時。

ゴギッ！

体の内側、ちょうど腰のあたりで嫌な音がした。

「……うう」

ロザリーは腰に手を当てて座り込み、脂汗を浮かべた。

今までに体験したことのない、喩えようのない激痛である。

どうやら、持ち上げようとした反動で、腰をやってしまったようだ。

（こ、こんな時に〜？）

周囲の人々の、戸惑うような視線が痛い。

「ウィッチ殿、その痛み、分かるぞ」

杖を突いた例の老人が歩み寄り、同情の色を隠さずにロザリーの肩に手を置いた。

「ち、違うの、準備運動が足らなかっただけで！」

ロザリーは言い繕おうとしたが、立つどころではない。

僅かに姿勢を変えようとするだけで激痛が走るのだ。

「まあまあ。そろそろキツかろう、若い連中と肩を並べるのは」

老人は憐憫の笑みを浮かべる。

「そ、そんなのじゃないです！　ちょっと、捻ったか、ええっと、な、何かしただけで！」

「諦めることじゃの。そのうち、湿布薬が手放せんようになる」

「そんな風にはなりません！」

「みんな、ウィッチ殿をお運びして差し上げろ」

「はい、セダンまで」

子供の避難に使われたトラックが、バックしてきてロザリーの前に止まった。

＊　＊　＊

「椎間板ヘルニア。扶桑ではぎっくり腰というらしいぞ」

セダン基地の専属医、ドーセが下した診断はロザリーにとっては衝撃的なものだった。

「はあ？」

ベッドの上のロザリーは起きあがろうとして、ズキンとくる痛みに顔を歪める。

「違うわよね、違うでしょう、違うに決まってます！　お願いお願いお願いお願いお願い

～、違うって言って～！」

ロザリーは仕方なく、うつ伏せの姿勢のままドーセの白衣の端を握った。

だが、詰め寄られたといって診断を変えるようでは、ウィッチ相手の軍医は務まらない。

「治癒魔法の使えるウィッチに出張してもらおう。なあに、数日中だ。それまでは絶対安静だがな」

ドーセはニヤリと笑うと、ロザリーの手を振り解いて部屋を後にした。


「ぎっくり腰って、何が原因なんです？」

ドーセからの報告を受けた那佳はみんなに向かって尋ねていた。

「もしかして、あれですか？　こちゅちょほ～、じゃなくて、そつこしょう――」

「骨粗しょう症のことか？　違うだろ？　デスクワークが多かったから、筋力の低下ってとこじゃないか？」

「心労と寄る年波」

アドリアーナの意見は妥当だが、イザベルのは的を射つつも後半、かなりの憶測が混じっている。

「ともかく、歳でガタがきた名誉隊長を労るようにということじゃ。よいな？」

悪気が全くないだけに、そう結論づけたハインリーケが一番たちが悪い。

「は～い」

「了解」

「ああ、分かった」

こうして――

ロザリーの症状に関する黒い噂は、瞬く間に基地中に広がり、基地に勤務する全員から不本意ながらも同情の目で見つめられることになったのである。

翌日。

「隊長～」

那佳は、腰をかばいつつ執務室に向かおうとするロザリーを呼び止めていた。

「あら、黒田さん？」

ロザリーは振り返る。

「隊長、これ」

駆け寄ってきた那佳は、栗に似た木の実をふたつ、ロザリーに手渡した。

「マロニエの実ですよ。扶桑だとトチっていって、麺にしたり、トチ餅っていうお菓子にしたりもするんです」

「ええ、マロニエは知ってるけど――」

「それで、アイザック君に聞いたんだけど、ブリタニアではこのマロニエの実をふたつ持ち歩くと、痛風とか腰痛（ようつう）が治るって話があるみたいで」

「……だ～か～ら」

マロニエの実を握るロザリーの手が、力の込め過ぎで白くなる。

「年寄り扱（あつか）いするんじゃありませ～ん！」

ミシミシ……バッチ～ン！

マロニエの実は、粉々に砕（くだ）け散っていた。

インターミッション
INTERMISSION

親友

ネウロイによるトロワ襲撃同日

「お前に手紙だぞ」

朝9時過ぎ、寝ぼけ眼で食堂のテーブルについたカーラの前に、マリアンがポンと手紙の束を置いた。

「お、サンキュ」

カーラはパストラミ・サンドとコーラをトレイに載せて席に戻ってから、一通一通差出人を確認する。

「これは親父殿から――だから後回しでいいか」

「お前の親父って軍人だったよな？」

マリアンが、煮詰まったコーヒーをカップに注ぎながら尋ねる。

「今は陸軍のウェストポイントで教官やってるよ。最前線に立ち続けるって言い張ってたけど、いい加減、歳だからさ」

カーラは答えた。

「爺さんも軍人だっけ？」

「うん。祖父から聞いた話じゃ、独立戦争以来ずっと軍人の家系らしいよ。でもなあ、あのクソジジイ、元からほら吹きの上にボケが来てたから、かなり、話に怪しいとこあるんだよねえ」

「カーラは確か、基地生まれで、ずっと基地で育ったんですよね？」

紅茶派のジェニファーが、ロンドンから取り寄せたアール・グレイのポットとキューカンバー・サンドのトレイを手にやってきて、マリアンの隣に座る。

「そ、最初はハワイね。あとはアリゾナ、ニューメキシコ、テキサスとかにも。親父殿の転任に合わせて、あっちこっちの基地の学校に通ったよ。だから欧州に来るまで基地以外の生活って知らなかったんだよね」

軍人だった父の関係で、引っ越しはほぼ毎年。

それで付いたあだ名は「さよならカーラ」である。

もっとも、さすがに今はそう呼ばれることはない。

最近は、英国通であることが本国のマスコミにも知れ渡ったせいもあり——当人の性格は貴婦人からは程遠いにも拘わらず——、紙面を飾る時の呼称はもっぱら「レディ・カーラ」だ。

「ったく、よくそんなんで貴婦人って顔してられるよな？　詐欺だろ？」

マリアンはコーヒーカップに山盛り８杯の砂糖を入れ、かき混ぜる。

「もう、マリアンったら」

ジェニファーが小さいため息をつく。

「ま、オレゴン生まれにはマナーなんて未知の言葉だろうけどね」

手紙を仕分けしながらカーラは肩をすくめた。

「カーラも挑発しないの」

「……お前な、ニューヨークでの陸軍兵対海兵隊の勝負、ここで決着つけてもいいんだぞ？」

マリアンの目が危険な色を帯びる。

「マリアン」

「いいね～。負けた方は鼻メガネに水着姿で自転車に乗って、『アイム・ルーザー』って叫びながらディジョンの街を一周っていうのはどう？」

「カーラ！」

「乗った！」

「マリアン！」

「じゃあ、挑んできたのはそっちだから、古来の決闘のルールに従ってこっちが何の競技で勝負するか決めるからね」

「ああ、もちろ――ちょっと待て！」

「……だから言ったのに」

ジェニファーはこめかみを押さえた。

「ということで、勝負は扶桑の箸でどれだけたくさん豆をつまんで食べられるか～」

カーラは宣言する。

「おまっ、ちったないぞ！　私が箸使うの苦手だって、知ってってだろが！」

「手遅れで～す、抗議は受け付けませ～ん。……ん？」

と、笑ったカーラの、手紙を仕分けていた手が止まった。

ある名前が、その目に飛び込んできたのだ。

「懐かしいな。これ」

「誰からです？」

と、覗き込むジェニファー。

「フロリダ時代の友だちのお母さんから」

封筒を開きながら、カーラの心は6年前のフロリダへと飛翔していた。

＊　＊　＊

その朝。

カーラ・J・ルクシックは玄関の鏡の前で、本日3回目となる服装チェックを終えていた。

「よし」

カーラは鏡の前でクルリと回ると、パシッと両手で頬を叩いた。

この服装ならば、問題なし。

実はカーラがこのフロリダ州マイアミへと引っ越してきたのは、一昨日のこと。

だが、昨日は一日中、街を回って、どんな服を着ていればこの町に溶け込むか、目立たずに済むか観察した。

もちろん、マイアミの住民が話すアクセントも覚えた。

その結果、これで登校しても何とかなる、と確信したのだ。

「よし」

カーラがもう一度自分に言い聞かせ、カバンを手に取ろうとしたその時。

「な～ご」

奥の部屋から、収穫祭に出品されるパンプキンほどの大きさの猫が出てきて、ちゃっかりとカバンのそばに来てカーラを見上げた。

「ファッツ、またついてくる気なのか？」

「なあ～ご」

「ったく、年々重くなってきて、運ぶの大変なんだぞ」

「な～ご」

「ほら」

カーラはカバンのファスナーを開けた。

「な～ご」

猫が飛び込むと、カバンはパンパンになった。

この猫、いちおうルクシック家の飼い猫である。もともと野良だったが、家の庭に迷い込んできたのにエサをやり始めたのが飼うきっかけだった。

最初、カーラも家族もこの猫に名前を付けなかった。猫は人ではなく家につくと言うし、近々引っ越す予定だったので情が移ると困ると思ったのだ。

だが、この猫はカーラたちの次の引っ越し先までついてきた。おそらく、荷物に紛(まぎ)れ込んでいたのだ。そして、次の引っ越し先にも。

猫はそのうち、ファッツ(おでぶちゃん)と呼ばれるようになった。

名誉(めいよ)のために言っておくと、ファッツは太ってはいない。メインクーンという家猫としては大型の種類なのだ。

「静かにしてるんだぞ」

「な〜ご」

「やれやれ」

カーラはファッツが呼吸できるよう、少しだけ口を開けてカバンのファスナーを閉じる。

「いってきま〜す！」

カーラは母親に声をかけると玄関を飛び出し、ちょうどやってきた黄色いスクールバスに乗り込んだ。

「カーラ・J・ルクシック。3年生です。父は軍曹(ぐんそう)で、以前はアリゾナにいました。その

前はアラスカ。その前はワシントン、その前はハワイ」

初めて自分の教室に案内されたカーラは、自己紹介を続けながら素早く教室を見渡し、どの子とどの子がグループを作っているのかを見定める。

大抵の学校には、最先端のファッションに敏感な子のグループもあれば、ロッカールームのゴミ箱に頭から突っ込まれることが日課になっているような子のグループもある。

カーラは知っていた。

このあとの昼休み、どのグループに近づくかという選択が、これからそう長くもないであろうマイアミでの学校生活が、楽しいものになるか、耐え難い苦行となるかを決定する、といっても過言ではないことを。

(あれじゃない……あっちも違うなあ)

転校慣れしたカーラとしては、虐められっ子のグループを避けたいのと同様、チアリーダー・グループに参加するのも遠慮したいところだ。

ああした女の子たちは、グループ内でも誰が主導権を握るかで、絶え間ない水面下の闘争を繰り広げる。

そんな疲れる戦いに、参加するのはごめんだ。

こうして教室を観察すると、カーラが溶け込めそうなグループもふたつほどある。

（どっちでも同じかな？）

候補となっているグループのひとつは4人組。もうひとつは3人組だ。

カーラは取り敢えず、人数の少ない方に声をかけようと決めて、先生が指し示した席に着いた。


（さて、と）

午前の授業が無事に終わった。

積極的に手を挙げて答えはしなかったが、指された時には正解を答えた。

転校生は、初日の授業で目立ってはいけない。

という鉄則は、守られた形だ。

（それじゃ、あのグループに――）

カーラが参加を決めたグループに近づこうと、腰を上げかけたその時。

「よっ！」

薄い褐色の手が差し伸べられた。

顔を上げてみると、こっちを見下ろしているのは、アフリカ系リベリアンの女の子だった。

アフリカ系は大抵、同じアフリカ系の子たちとグループを組む。

でも、この子はカーラが自己紹介している間も、授業中も、誰とも視線を交(か)わさなかった。どのグループに入っているのか、見当もつかない。

「ほら、ついてきなよ」

女の子はカーラの手を取って立たせた。

「えっと？」

「カフェテリア」

女の子はカーラの手を引っ張って廊下(ろうか)に出る。

「他(ほか)の子たちはみんなグループ作っちゃってるし、ひとりじゃ行きにくいだろ」

だから、早くどこかのグループに入る予定だったのだ。

それが、この子のおかげで台無(スクリユードアップ)しだ。

「ほら、ここ」

カフェテリアにやってくると、女の子は列に並んでマッシュポテトと何やら正体の分からない肉のトマトソース煮込(に)みを取り、カーラのトレイにも同じものをのせた。

それも山盛りに。

それから、どのグループからも離(はな)れたテーブルにカーラを座らせ、その隣(となり)に座る。

「あたしはバック」

やっと名乗った。

「あ、うん」

クラスで自己紹介したばかりだから、カーラは改めて名乗ることはしない。

（とにかく、グループに潜り込むのは明日にしよう）

カーラは自分に言い聞かせる。

（……早々と変なレッテル貼られてなきゃだけど）

「バックって、なんかの略？」

黙ったまま食事を続けるのもなんなので、カーラは質問してみた。

「ただのあだ名。あたし、姓がロジャースだから」

「ああ、バック・ロジャースね」

バック・ロジャースはＳＦの主人公である。コミックを何冊か——父のだ——持っているし、週末の２本立てで映画を見たこともある。

「ほんとはジンジャーっていうんだけどね。母さんがジンジャー・ロジャースのファンだったから」

「ああ、フレッドとジンジャー」

こっちも知っている。

フレッド・アステアとジンジャー・ロジャース。

映画に登場するダンサーのカップルだ。

「そう、それ」

バックは破顔した。

「……あのさ、何で声かけたの？」

それがカーラにとって、一番の疑問だった。

この学校は、民間人と軍人の子が半々といったところ。

7割を占める白人——その内部でも派閥はある——と、中米、南米系、アフリカ系その他のグループは完全に分かれ、それぞれの間に交流はほとんどないはずだ。

だから普通、アフリカ系の子が白人の転校生に声をかけたりはしない。

まあ、これから何十年も経って、誰も肌の色の違いなんか気にしない時代がくれば別だろうが。

「うちも軍人の家だから」

バックは正体不明のトマトソース煮込みをパクつきながら答えた。

「へえ」

それなら、あり得る話である。

軍人は――例外がいないとは言わない。どこにでも嫌な奴はいる――肩を並べて戦った人間なら、肌の色など気にかけない。

カーラは納得した。

「爺さんの話だと、うちは代々軍人の家系なんだってさ。爺さんはバッファロー・ソルジャー。第25歩兵連隊にいたんだと」

バッファロー・ソルジャーというのは当時珍しかったアフリカ系兵士の部隊だ。

「でもなあ。うちの爺さんボケ入ってるし、ほら吹きだからなあ」

軍人の血筋を誇りたい反面、バックはあまり確信がないようだ。

「今日、一緒に帰る？　基地だったら、同じ方向だし？」

食べ終わって紙ナプキンで口を拭うと、バックは言った。

「ええっと……うん」

嫌だと言える状況ではない。

「じゃ、決まり」

最悪。

どんどん深みにはまってゆく感じがする。

昔、保安官から逃げようとするアウトローが底なし沼に落ちて沈んでいく映画を見たことがあるが、あの時のアウトローの気持ちが今にしてよく分かる。

（さよなら、平穏な学校生活）

カーラは思い描いていた理想の暮らしに、別れの手を振った。

何はともあれ、これがバックとの出会いだった。

「友だちはできたかい？」

学校から帰ると、勤務明けの父がいた。ちょっとお酒と煙草の臭いがしたが、この当時はこれが大人の匂いだとカーラは思っていた。

誰もが酒瓶を手放せない訳ではないことを知ったのは、父と母が別居した後のことだ。以来、ふたりはくっついたり別れたりを繰り返している。

「う……うん。もちろん」

バックの顔を思い出し、続いてこれからの険しい道のりを思いやったカーラは、強ばった笑顔を何とか作って頷いた。

「お前はいい子だな」

父はしゃがみ、カーラの頭に手を置いて髪をくしゃくしゃにした。

「どこに行ってもうまくやれる。お前は私の誇りだ」


そして、転校1週間が過ぎ——

カーラはまだ、どこのグループにも入れていなかった。

やはり初日で変人と見なされ、敬遠されたのだ。

で、今日の放課後もバックと——ついでに言うとファッツも——一緒である。

「お前ってさ」

ペンキが剝げかけたベンチに座り、屋台で買ったホットドッグにかぶりつきながらバックは言った。

「猫かぶってるよな」

「んなことない……よ」

カーラは食品衛生局——そんなものがフロリダにあるのかも、名称がそれで正しいのかも知らないが——が問題にしそうな味のソーセージにむせながら、曖昧に首を振る。

「あんま、まわりに合わせてばっかりだと、本当の自分が分かんなくなるぞ」

「それさ、宿題教えてもらう相手に言うこと？」

明日が締め切りの、19世紀リベリオン史の研究課題。

さっぱり分からないから手伝ってくれと、バックは泣きついてきたのだ。

「それはそれ、これはこれ。あたしが得意な科目ん時はあたしが教えてやるよ」

「……好きな科目、なさそ」

「数学」

「へ？」

「だから数学。見えないって言いたいんだろ？　兄貴にもよく言われる。でも、将来は経済学者とか、なりたい」

「目的がはっきりしてるんだ？」

カーラはちょっと感心した。

「ガラじゃないって言われるけどね」

「いいな」

「カーラは将来の夢とかないのか？」

「ぜんぜん」

自分に夢ってあったっけ？　カーラは自問自答してみるが、そんな先のことなんか考えたこともなかった、というのがその答え。

バックがさっき指摘（してき）したとおり、まわり——両親、先生、クラスメート——に合わせて生きるので精いっぱいだ。

「……もしかすると、何になりたいとか、考えたくないのかも」

そう口にしてみて、確かにそういう面もあるんだと、カーラは気がつく。

「どうして？」

「なりたいものになれなかった時に、がっかりするのが怖いから。だと思う、たぶん」

父は英雄になりたかったと言っていた。でも、最前線から遠く離れ、家では浴びるように酒を飲んでいる。

ニューヨークに出て新聞記者になりたがっていた母は、疲れた顔でラジオのドラマを聞きながら、居眠りをしている。

そんなふたりを見ているのが嫌になったのか、兄は家を出てパリに留学中だ。

「あ〜、あるある、そういうの」

カーラが考え込んでいると、バックがバチンと肩を叩いた。

「つまり、お互い、マディソン・タイプじゃないってことだ」

「マディソン？」

「ジェーン・マディソン。7年生。美人でスタイル抜群、自信たっぷりだけど、成績と性格は最悪。当然、チアリーダー軍団のボス、まだ会ったことない？」

「うん」

今聞いただけでも、関わり合いになりたくないタイプである。

「ついてるよ、カーラ。あたしもまだ目をつけられてないけど、時間の問題。……ん？」

バックは唇についたケチャップを拭うと、目を細めた。

「え、何？」

バックの視線をたどると、その先には路地裏に入っていく人影があった。

震えている女の子を4人ぐらいのグループが囲むようにしている。

グループのひとりは13、4歳だけど、目が覚めるような長身の美人だ。

「あいつら、また」

バックは唇を噛んだ。

「知り合い？」

「まあね。あの背の高いのが噂のマディソン。あいつ、ああやって気の弱そうな子を見つけては虐めてるんだ」

「誰か大人に言う？」

カーラはあたりを見渡し、頼りになりそうな人を探す。

「無駄。マディソン、大人相手に嘘ついてごまかすの、天才的にうまいんだ」

バックはベンチから立ち上がった。

「……さっき、もっと本当の自分をさらけ出した方がいいみたいなこと言ったけど」

バックはカーラを見た。

「あたしもそれ、できてないんだ。自分を出してない。でも、今がその時だと思う」

「不思議」

カーラも立ち上がり、手についたパン屑(くず)を払(はら)った。

「私も今、同じこと考えてた」


「やめろーっ！」

「卑怯(ひきょう)なことすんな！」

バックとカーラが路地裏に飛び込むと、ちょうどマディソンが気弱そうな女の子の顔を煉瓦(れんが)の壁(かべ)に押しつけているところだった。

「あんた、転校生？」

マディソンは手を放し、カーラとバックを振り返って目を細める。

「と、その子分(フライデー)ねえ？」

「子分じゃない」

バックが首を横に振る。

「親友だよ」

カーラは言った。

「で、何？　この子、あんたたちの知り合い？」

マディソンは気弱そうな女の子をカーラたちの方に突き飛ばした。

「ち、違うけど。弱い者虐めは良くないって？」

カーラは女の子を抱き止めた。

「しちゃいけないことだから、楽しいんじゃない？」

マディソンは肩をすくめる。

「でも――そうだ、あんたたちにその子の代わり、してもらおっかな？」

マディソンの言葉に、取り巻きたちがへつらうように笑った。

「ちょっと来て！」

マディソンが呼ぶと、上級生らしい男子が路地裏に入ってきた。

たぶん、見張り役だろう。

「どうする？」

「勝つのは絶望的だけど」

カーラとバックはささやき合う。

「……君さ、走れる？」

カーラは泣きじゃくっていた女の子に尋ねた。

「え？」

「逃げろって言ってんだよ。早く！」

バックが怒鳴って、女の子の背中を押した。

「はいっ！」

女の子は男子の脇をすり抜け、大通りに出る。

「てめっ、待ちやがれ！」

「おっと、ここは通さないよ！」

カーラは回り込み、男子の前に立ちふさがった。

「本当にぶん殴られたいようだな？」

男子は指をポキポキと鳴らした。

「いいわ、懲らしめてやって」

マディソンが男子を煽る。

「泣いても知らねえぞ、このガキ！」

「！」

自分の顔に向かって拳が飛んでくるのを感じながら、カーラは初めて気がついた。

自分が何になりたいかに。

父さんは英雄になりたかった。

母さんは記者になって自由を守る人になりたかった。

私は――！


自分の身さえ守れない、弱い人たちを守るんだ！


カーラはとっさに顔の前で腕を十字に組んだ。

そこに、男子の拳が命中する。

「わっ！　何だ⁉」

戸惑いの声を上げる男子。

シュウウウという音とともに、その拳が霜に覆われた。

「手が！　手が凍ったあ～っ！」

実際は拳の表面に氷がついただけだったが、筋肉しか取り柄のない男子を恐怖に叩き込むにはそれで十分だった。

男子は情けない声を上げ、マディソンたちを放って逃げ出した。

「魔法……力？」

呆気に取られたのはマディソンと取り巻きたちだ。

「や、やばいよ！」

「行こ、マディソン！」

マディソンは取り巻きたちに引っ張られるようにして路地裏から退散する。

残されたのは、カーラとバックだ。

「カーラ、ウィッチだったのか？」

バックが怖ず怖ずと尋ねた。

「分かんない。こんなの初めて」

カーラはシュウシュウと音を立て続けている手を見ながら首を横に振った。

それからが、ひと騒動だった。

バックに連れられ、学校に戻ったカーラは、まず校長に魔法力が発現したことを報告した。

学校創設以来、初めてのウィッチ。

校長はまず政府機関――カーラはまだボ～ッとしていて、どこかは聞いていない――に連絡し、それから両親に知らせた。

校長室から解放される頃には噂が広がり、学校の廊下は黒山の人だかりとなっていた。

もちろん、その中にはカーラを敬遠していたクラスメートたちの姿もある。

「バック？」

カーラは先に校長室を出たバックの姿を捜したが、なかなか見つからない。

(あんなとこに)

バックは廊下の隅、一番遠いところにいた。

カーラはみんなをかき分け、バックのところに行くと、その肩を叩いた。

「さ、帰ろう」

ふたりはバスを使わず、歩いて帰ることにした。

「もし、ウィッチになって戦う日が来たら――」

バックはカーラと肩を並べて言った。

「なあ、そん時はあたしに整備させてくれよな」

「経済学者から進路変更？」

カーラはバックの顔を覗き込む。

「機械いじりも得意なんだよ。だから、機械工学ってんだっけ？　その勉強する。お前のそばにいたいんだよ。でもって、こうやってずっと一緒に馬鹿やって笑ってたい」

「私も、一緒にいて欲しいよ」

カーラはバックの手を握った。

「何か、誓いの儀式とかしないか？」

砂浜が見えてきたあたりで、バックが提案する。

「誓いの儀式？」

「だから例えば……ええっと、そうだ！」

キョトンとしているカーラを置いて、バックはダイナーに駆け込むと、コーラを2本買って戻ってきた。

「ほら」

バックはその1本をカーラに手渡す。

「進水式でもやるの？」

「あれはシャンパンの瓶だろ？」

バックは笑い、乾杯するように自分の瓶をカーラの瓶と打ち合わせる。

「ふたりとも親が軍人だし、またそのうち離ればなれになるだろ？　けど、リベリオンのどこに行っても、コーラはある。だから決めよう、コーラを飲む度、お互いのことを思い出すって」

「それ、最高だよ！」

「永遠の友情に！」

「いつか、ふたりで戦う日のために！」

ふたりは夕日を浴びながらコーラを飲み干した。

＊　　＊　　＊

「………」

バックの母からの手紙に目を通したカーラはそれをポケットに押し込むと、誰にも何も告げずに食堂を後にした。

「何なんだ、あいつ？」

と、眉をひそめるマリアン。

ジェニファーも心配そうにカーラの背を見送った。

30分後。

こもりきりのカーラの部屋のドアを、誰かがノックした。

無視してもノックが止まないので、カーラは渋々ドアを開いた。

「隊長？」

そこに立っていたのはジーナだった。

「ブランク大尉から様子がおかしいと聞いてな」

ジーナは勝手に部屋に入った。

カーラの部屋は、片づいているとは到底言えない。コーラの瓶に、ポテトチップの袋、読みかけのコミック誌などがベッドを中心に散乱している。

ジーナはそうした障害物を避けながら、おそらく、机としては機能していない支給品の書き物机の縁に軽く腰掛けた。

「大丈夫か？」

心の奥の動きを見透かすような視線が、カーラの瞳を覗き込む。

「どうしてそんなこと聞くんです？　いつもと一緒、絶好調ですよ！」

カーラはジーナの目の前に立つと、腕をグルグルと回して見せる。

「……お前は本当の気持ちを押し隠そうとする。特に肝心な時になるとな」

ジーナは静かに言った。

「それが何のためかは知らない。他人を傷つけないためか、それとも他人の反応で自分が傷つくことを恐れるのか。だが――」

ジーナの右手が、カーラの肩に触れる。

「ここでは何も隠す必要はない」

「同じことを小さい頃に言われました。だけど、そ……」

カーラは言葉をなかなか続けられない。

「そ、その友だちが死んだって手紙が。輸送機がネウロイに襲われて」

リベリオンの輸送機墜落の件は、カーラも新聞で見た記憶がある。

しかし、その機体に本国から派遣されたバックことジンジャー・ロジャース軍曹が搭乗していたことは、その母からの手紙を見るまで全く知らなかったのだ。

「半月も前だって。その子のお母さんからの手紙が、さっき――」

「………」

ジーナは黙ってカーラの肩を抱いた。

「隊長……隊長！」

限界だった。

カーラはジーナの胸に顔を埋めると、大声を上げて泣いた。

ジーナは黙って、その背中に手を回した。

しばらくして。

「……隊長、私、格好悪いよね？」

カーラは充血した目を上げた。

「いや」

ジーナは母親が幼い娘にやるように、カーラの髪を撫でる。

「泣いていい。泣きたい時に泣けて、笑いたい時に笑える。そんな世界を守るために、私たちは戦うんだ」

ジーナがそう微笑んで見せたその時。

ディジョン基地内にサイレンが鳴り響いた。


7分後。

B部隊のウィッチたちはブリーフィング・ルームに集結していた。

「大型ネウロイ1機が東南東の国境を越えてパリに向かって侵攻中。我々はブザンソンの東10キロの地点でこれを撃破する」

ジーナが状況を説明する。

「Aの連中は？」

マリアンが手を挙げて質問する。

「あちらもトロワに向かって出撃中だそうだ」

トロワに迫る中型ネウロイは5機。

とてもではないが、戦力を回す余裕はないだろう。

「支援は期待できないってことですね？」

マリアンは確認する。

「必要か？」

ジーナは右の眉をわずかに上げた。

「まさか？」

マリアンは不敵に笑ってみせる。

「全機、出撃！」

ジーナの命令と同時に、ウィッチたちはハンガーへと急いだ。

「もう、誰も死なせない！」

カーラのＰ－51Ｄの魔導（まどう）エンジンは限界ギリギリまで出力を上げていた。

「あ、こら！　突出（とっしゅつ）するな！」

マリアンが制止するが、カーラはまるでその声が耳に入らないかのように５００メートル近く先行する。

「カール大尉、援護（えんご）に回れ」

涙滴（るいてき）型のネウロイが視認できる距離（きょり）に達すると、ジーナがマリアンに指示を出した。

「って隊長!?　ガツンと言ってやらないんですか!?」

マリアンは不満そうな声を発する。

「……今はその時ではない」

ジーナは頭（かぶり）を振（ふ）った。

「マリアン、援護ですよ」

ジェニファーが促（うなが）す。

「あ～っ、分かったって！」

マリアンはカーラの後を追う。

先行したカーラは巨大なネウロイの前方――尖った方――に回り込み、ありったけの弾丸を叩き込む。

「墜ちろ墜ちろ墜ちろ墜ちろ墜ちろ墜ちろっ！」

ネウロイの表面の装甲が剝がれるように削られる。

だが、再生速度が速く、コアは見えてこない。

すでにM2の銃身は水冷式の冷却機でも追いつかず、かなりの熱を帯びていたが、カーラは固有魔法を使って強制冷却しつつ、弾倉を交換する。

だが、その一瞬の隙をついて。

ネウロイのビームがカーラに襲いかかった。

「突出すんなって言ってんだろ、バ〜カ！」

シールドを張り、そのカバーに入ったのはマリアンだ。

「私たちはチームだろ⁉　仲間で、そして友人だ！」

赤熱化するシールドを維持したまま、マリアンはカーラを振り返る。

「……落ち込んでるの、隠せると思ったのか？」

「！」

カーラはハッとなり、それから笑みを浮かべた。

「悪い。帰ったらコーラおごる」

「他のにしろ！」

マリアンがウインクを返している間に、ジェニファーとジーナによるAN／M2重機関銃の連射が、ネウロイのコアを露出させる。

「カーラ、今ですよ！」

「お前の獲物だ」

ふたりの声に押され、カーラは巨大ネウロイに迫った。

当然、ビームの雨が降り注ぐが、これをマリアンが防ぐ。

「ギリギリでかわして――」

螺旋を描くように飛んでカーラは距離を詰める。

コアまでの距離、10メートル。

「至近距離からの一撃！」

鉛の銃弾がコアを貫く。

涙滴型のネウロイはコアを中心に光の粒子となってゆき、空気に溶け込むように消え去った。

「ネウロイ、消滅を確認」

ジーナの冷静な声がインカムを通じて聞こえてきた。

カーラは大きくひとつ、息を吸う。

（いつだって、一緒だ――）

「!?」

バックの声が聞こえた。

そんな気がして、カーラは振り返った。

もちろん、そこに親友の姿があるはずもない。

「――うん。そうだよ、親友」

だが、カーラはそう呟くように声をかけると、大きな弧を描くように旋回して仲間の許に戻っていった。

＊　＊　＊

余談であるが――
この2か月後、リベリオン本国で大手週刊誌各誌にコーラのイラスト付き広告が掲載された。

人気を博したこのイラストを担当したのは、巨匠ノーマン・ロックウェル。

彼がインスピレーションを得たとされるスナップ写真が、マイアミの写真館に飾られていた一枚——ダイナーから買ってきたコーラの瓶を打ち合わせるふたりの少女の写真——だったと言われている。

そして、イラストに添えられたコピーにはこうあった。

コーラ
それはリベリオンの平原を駆け抜ける風
幼き日の郷愁

然り。ここは潔う認めるとしよう。遺憾ではあるが、当時はあれがかような死闘へと至る序曲であろうとは、誰ひとり気づきはせなんだのじゃ。

ハインリーケ・プリンツェシン・ツー・ザイン・ウィトゲンシュタイン少佐
（クローディア・モーリアック記者による単独インタビュー）

第三章 CHAPTER 3

濃霧

『ガリアの子ら』の駐留に伴い、セダン基地の運営にちょっとした変革がもたらされた。

爆破事件以後、応急的な修理に留まっていた施設の本格的な改修が始まり、補給も滞ることはなくなったのである。

主要全国紙の記者を集めての定例会見——会見の場には名誉隊長のロザリー・ド・エムリコート・ド・グリュンネ少佐だけではなく、次期隊長と目されるハインリーケ・プリンツェシン・ツー・ザイン・ウィトゲンシュタイン少佐も臨むことが求められた——が、月に2度から週に1回となり、会見は国営ラジオでも放送されることが決定、市民との交流会も定期的に催されることとなった。

福利厚生も充実し、購買で扱う品も一気に倍増、ウィッチのためのジャグジーや映画鑑賞室——これは黒田那佳中尉の強いリクエストによる——、それにトレーニング・ルームの増設も認められた。

アドリアーナ・ヴィスコンティ大尉の提案に応える形で食堂のシェフがふたりに増え、メニューも充実、ウィトゲンシュタイン少佐が切望していたワイン・セラーも地下で工事が進んでいる。

残念ながら、イザベル・デュ・モンソオ・ド・バーガンデール少尉のアイデアからなるカジノの創設は風紀という点から異議が出て今回は見送られた。

と、ここまでは万々歳なのだが――

このゴージャスなリニューアルにより、セダン基地の事務処理の量は幾何級数的に増大した。

こと事務処理に関しては融通が利くとは言えない『ガリアの子ら』は、いちいちロザリー、または ハインリーケの裁断を求めるので、両名は息をつく暇もない。

特にロザリーの許には、十数分毎に『ガリアの子ら』の誰かが指示を仰ぎにやってくるので、執務室を離れられない状況が続いている。

この日の早朝も――

「では、この予算で進めさせていただきます。維持費に関する申請書は別途に作成し、司令部に提出しますので後ほど確認とご署名を」

6号が書類を手に執務室を訪れ、格納庫内の照明設備の改善を提案していた。

「あ、あのね、そのくらいのことだったら、あなたたちの一存で進めて構わないのよ。いちいち私の許可を取らなくても――」

酷使された手で許諾の署名をしながら、ロザリーはため息を漏らす。

「不可能です。『ガリアの子ら』には、指揮系統及び基地の運営に関する命令系統を乱す行為は許されておりません」

6号は素っ気なくそう告げると、書類を受け取り、敬礼して執務室を後にする。

雑談は一切なしである。

「爆破テロや強襲より、こっちの健康に響くわ」

6号が執務室から出てゆくと、ロザリーは伸びをして、机の引き出しから胃薬を取り出した。

先だってドーセ医師に処方してもらった、以前服用していたものよりも強力な薬品だが、瓶に残る錠剤はもう半分以下になっている。

手にのせた錠剤を、冷めたコーヒーで流し込んだところで、また扉がノックされた。

「はいはい、今度は何号さん？」

ロザリーは瓶を机に戻して、咳払いしてから声をかける。

「はい、どうぞ」

「失礼します」

姿を見せたのは、『ガリアの子ら』のリーダー格、13号だった。

「前回のトロワへの出撃の、被害報告に関する件なのですが——」

13号はクリップボードに挟んだ報告書をすっと机の上に置いた。

「こちらに未確認の目撃情報が」

ロザリーは報告書を受け取ると、最初の数ページに目を通して眉をひそめた。

「……おかしいわね。このあたりは、トロワを襲ったネウロイのコースからはかなり外れているわよ」

目撃情報があったとされる地点は、トロワよりも北のランスに近い。

「ですからご報告を」

「不審に思ったのは、あなたの直感？」

ロザリーは報告書から目を上げ、ちらりと13号を見る。

「いえ、データの蓄積による客観的な判断です」

「……そうよね、ごめんなさい」

直感は人間的な判断である。

マブゼ博士の催眠下にある『ガリアの子ら』にも、そうした人間らしい判断を下す能力が残っているかどうか、気になったのだが。

ロザリーは小さく首を振ると、内線を使い、基地の無線室につなげる。

「ウィトゲンシュタイン少佐を呼んで」


5分後。

ハインリーケの姿は、執務室にあった。

「そなたも使えるところを示したい、ということじゃな」

状況の説明を受けたハインリーケは、13号を一瞥する。

「はい。信頼関係を築けとの命令を受けていますので」

13号はあっさり頷いた。

つまりは命令されたから。

一連の協力姿勢は、上層部からの指示だということである。

『お～い、今の発言で信頼関係、音を立てて崩れたぞ～』

『短い春だったね』

スピーカーを通じて届いた掛け合いは、アドリアーナとイザベルのもの。

アドリアーナ、イザベル、そして那佳の3名は、ブリーフィング・ルームでハインリーケたちのやりとりを聞いていた。

「心外です」

あまり心外ではない調子で13号が返す。

「通報の内容は……『何かが来る……黒い』。黒いって何かしら？　ともかく、これだけじゃネウロイかどうか、判断はできないわね」

ロザリーは報告書の記載を読み上げて呟く。

「通報の時刻は——ほう、トロワの件よりも3時間以上前じゃな」

ハインリーケが報告書を覗き込んだ。

「その時点で、司令部はこちらに一報を入れるべきだったわね」

ロザリーが13号を見る。

「目撃情報の発信元が小さな村だったうえに、続報もなかったので、当日、情報の処理に当たっていた担当官が、見間違いで処理したとのことです」

13号はそのあたりの事情まで正確に報告した。

「ヴィスコンティ大尉、バーガンデール少尉。現地に飛んでくれ。笑い話で済めばよいのじゃが、どうも嫌な予感がする」

ハインリーケはブリーフィング・ルームのウィッチたちに告げる。

『了解(りょうかい)』

と、返すアドリアーナとイザベル。

『少佐、私は？』

那佳の声が尋(たず)ねる。

「わらわとそなたは、まだ待機でよい」

『……お手当は？』

「通常の哨戒(しょうかい)任務の延長じゃ。当然ながら、ない」

スピーカーの向こうで、深いため息が聞こえた。

*　　*　　*

マルヌ県のランスは、かつてガリア王の戴冠式(たいかんしき)が行われた伝統ある街。トロワが共和主義を信奉(しんぽう)する市民の街だとすれば、こちらは王党派の牙城(がじょう)と言ってよい。

ここも戦火を免(まぬが)れた訳ではないが、凱旋門(がいせんもん)を含(ふく)む幾(いく)つかの歴史的建造物がその威容(いよう)を保ち、市民の誇(ほこ)りとなっている。

ネウロイの目撃報告らしきものがあったのは、そのランスから北に30キロほどの場所にある小さな村だった。

「無人か？」

1時間ほど前から、ガリア東部には小雨が降りだしていた。アドリアーナは村の中心に降下すると、濡れた髪を不快そうにかき上げ、四方を見渡す。

酪農が経済の三体の、人口100人にも満たない典型的な農村のようだが、通りに人通りはないし、誰かが隠れてこちらをうかがっている様子もない。

「みんな避難したのかな？」

「だったら、その報告があるだろ？」

「報告、忘れただけかも」

「黒田じゃあるまいし」

イザベルたちは警察署——とはいえ、駐在する警官は1名——らしき建造物に向かう。

軍への通報は、警察署からのものだったからだ。

「少なくともビームで焼かれた感じじゃないね」

道々、イザベルは民家の様子を観察した。

ネウロイの攻撃なら、ビームで建造物が焼かれ、その痕跡が残っていても良さそうなものだが、そうした様子は一切見られない。

「……ここも無人か？」

警察署を覗いたアドリアーナは呟く。

戸締まりはされておらず、電話の受話器は外れたまま。

開け放たれた扉から吹き込む雨粒まじりの風に、床に散乱していた書類が舞い上がった。

椅子が倒れ、机の上のカップには、冷たくなったコーヒーが、カップの内側に黒い筋を残している。

ここにいた警官は、かなり急いで飛び出していったようだ。

「ねえ」

イザベルが何かに気がついて、アドリアーナの袖を引っ張った。

「あれ」

イザベルが指さした先にいたのは、ネズミ。

腹を上にして、部屋の隅に転がっているネズミの死骸だった。

「村で最初に出会った住人がこいつとはな」

さすがに素手では触らず、アドリアーナが机の上の鉛筆を握って突っついてみる。

死後数日が経過しているようだが、腐敗もしていないし、ウジも湧いていない。

だが、法医学を修めた訳でもないアドリアーナには、これが何を指し示しているのかはさっぱり分からなかった。

アドリアーナは警察署の中――と言っても事務所と生活スペースの二間しかない――を漁り、清潔そうな袋を見つけネズミの死骸を入れる。

その袋を、アドリアーナはイザベルに渡そうとしたが、イザベルは手を後ろに回して首を左右に振った。

「他の家とかも、見てみる？」

イザベルの提案で、ふたりは手分けして民家の探索に当たった。

だが、見つかったのは、小動物や家畜、家禽の類の死骸のみ。

人間の姿はない。

「……ねえ、伝染病とかだったらどうしよう？」

再びアドリアーナと合流したイザベルは、真剣な面もちで尋ねた。

「空気感染なら、私たちは既にアウトかもな」

「遺書、書いとく？」

「軍に入った時点で書いたぞ。……あ～、でも何回も部隊変わったから、どこに押し込んだんだか覚えてないや」

「準備万全だね。僕には遺産、何残してくれてる？」

「お前な、そういう状況ならふたりともお陀仏だろうが？」

「僕は大尉に残してあげるね。黒田さんから巻き上げたデザート100年分」

「……ものすごく要らない」

ふたりは最後に、村の公民館の前に立った。

警察署に向かう時に前を通りかかったが、その時は扉に鍵がかかっていたので後回しにしたのだ。

周囲を回って調べてみると、村祭りの時のダンスの会場に使えるほどの大きさがある。

もしも何かが起きて、村人全員が避難したとなれば、その場所はここしかない。

ここにも村人がいなければ、完全に村は無人ということだ。

「押し入るよ」

「人聞き悪いな」

イザベルが銃床で錠前を壊し、扉を開いた。

照明がついていないので、中は薄暗い。

アドリアーナが近くの民家から取ってきた箒と布切れ、灯油で即席の松明を作り、奥へと進む。

「黒田さんが好きな怪奇映画みたいだね。映画の終盤で僕たちを待っているのは、吸血鬼かミイラ男だよ」

「だったらいいがな」

アドリアーナの足取りは慎重だ。

「……いいんだ？」

と、返したイザベルの鼻が何かにぶつかった。

頭半分ほど背の高い、アドリアーナの背中である。

アドリアーナが突然、足を止めたのだ。

「どうしたの？」

イザベルは松明が照らし出したものを見ようとつま先立ちになるが、アドリアーナがその襟首をつかみ、足早に入ってきたばかりの扉の方へと向かう。

「セダン基地、こちらヴィスコンティ大尉！」

アドリアーナは歩調を速めつつ、緊張した声で呼びかけた。

「ランス市警察に連絡して、遺体回収班を派遣させてくれ！　それと、私たちを隔離する場所の用意を頼む！」

＊　＊　＊

それから数時間は大混乱だった。

自由ガリア軍と警察の合同調査班が村に派遣され、イザベルとアドリアーナはランス市立病院の隔離病棟に送られた。

程なく、村人全員——あの建物の奥で、折り重なるように倒れていた——の死亡が確認された。

そして、遺体のうちのひとつはセダン基地にも搬送され、基地の専属医ドーセがその死因の調査に当たったのである。

「ここは死体置き場じゃないぞ。そして私は監察医でもない」

搬送された遺体の解剖を終えたドーセは、あからさまに不機嫌だった。

「でも、あなたなら普通の監察医よりも有能でしょう？」

本来、手術室として使われている部屋から出てきたドーセに、無理を通して遺体を搬送させたロザリーが微笑みかける。

「……自分の器用さが憎いな」

ドーセは潰れた箱から紙巻き煙草『ゴロワーズ』を出してくわえると、火をつけて紫煙を燻らせた。

「で、結論を言うと、こいつの死因はペストでもコレラでもチフスでも、他の伝染病でもない。窒息死だ」

「窒息？」

ドーセが防疫用のマスクを外して手術室から出てきた時点で、伝染病の可能性は消えたと踏んだロザリーだったが、窒息という結論は意外だった。

アドリアーナからの報告では、遺体の発見された建造物は密閉された状態ではなかった——そもそも普通の村に気密設備が存在する可能性は限りなく低いだろう——からだ。

「疑うのか？」

薄く口紅が塗られたドーセの唇の間から、肺を満たした煙がふうっと吐き出される。

「そうじゃないけど」

「何かが全身を覆った。それこそ、気道から○×の穴までな。かなり苦しんだと思うぞ。見つかった遺体は、みんなこんな感じか？」

「ランスからの報告では、その通りよ」

ロザリーは頷く。

「村人全員が公民館に避難し、そのまま窒息死させられたということね？」

「ああ。でもって、これがその原因。かすかに肺の中に残っていた」

ドーセは白衣のポケットから、ゴム栓をした試験管を取り出してロザリーに渡した。

「煤？」

試験管の底には、かすかに紫の光を帯びた黒い粒子が見える。

「私の勘では違うな」

と、ドーセが私見を述べたところに。

「それはこちらで。パリ大学の研究機関に回せば、本日中に結果を報告できるかと」

ひょいと手が伸びて、ロザリーの手からサンプルを奪った。

いつの間にか13号が現れ、傍らに立っていたのだ。

「助かるわ」

ロザリーは一瞬、躊躇った表情を見せてから笑顔で告げた。

「分析、急いでもらってね」

「了解しました。3号と4号に責任を持って輸送させるので、小型輸送機を1機お借りします」

「ええ、許可します」

13号は敬礼すると、踵(きびす)を返してふたりの前から消えた。

「……で」

13号の背中が見えなくなると、ドーセはもう1本、試験管を取り出した。

「これが予備のサンプル。こんなことになるんじゃないかと思ったからな」

「さすが、先生」

ロザリーは目を細める。

「賞賛は形にしてくれ」

ドーセは鼻を鳴らす。

「で、それ、こちらでも分析してもらえるかしら？」

「おいおい、そこまでやらせるのか？　私は一介(いっかい)の軍医だぞ？」

「でも、元パスツール研究所の研究員でしょう？」

「やれやれ。期待はするなよ」

ドーセは唇をへの字にして頭を掻(か)くと、医務室に入っていった。

そして、午後9時を回って――

死因が伝染病ではないことがセダンからランスに伝えられると、アドリアーナとイザベルが疲れた顔つきで隔離病棟から戻ってきた。

「どうだった？」

ブリーフィング・ルームに入ってきたイザベルたちに、那佳が尋ねる。

「お医者さんが優しくて、ちょっと気持ちが悪かった」

「だよな」

ふたりからそんな感想が出るのも当然である。

普段、セダンでは人間とモルモットの違いは体重のみ、と豪語するドーセ医師の手当てしか——王党派の密偵だった看護師の身柄が拘束されてからは特に——受けていない。よってイザベルたちの前頭葉には、「医者＝がさつ」のイメージが深く刻み込まれている。

医者に優しくされようものなら、何か裏があるのではと勘ぐってしまうのだ。

「ともかく、お帰りなさい」

そう言ってロザリーがふたりを抱きしめたところに、先ほどよりももっと不機嫌な顔になったドーセがやってきた。

「名誉隊長殿、さっきの黒い物質な、ここの設備では分析不可能だったぞ」

ドーセはそう報告すると、煙草をくわえて火をつける。

「うわ～、がっかりですよ」

と、真っ先に反応を示したのは、ここまで出番がなかった那佳である。

「なあに、お嬢(じょう)ちゃん、気落ちすることはない。分析不可能だということから導き出される結論がある」

ドーセは紫煙を吐き出す口元に笑みを湛(たた)える。

「……その先、聞きたくない予感がするわ」

ロザリーは顔を強(こわ)ばらせた。

「これはネウロイだ」

ドーセは先ほどの黒い物体が入った試験管をテーブルの上に置いた。

「かつて５０１が戦った超小型(ちょうこがた)ネウロイよりも、格段に小さいタイプのな。それが対象の全身を覆い、体内にまで入り込む。そしてある条件下で結合して膜(まく)のようなものを形成し、呼吸機能を奪って死に至らしめる、というメカニズムだ。まあもっとも、こいつが殺戮(さつりく)を意図して行動しているとは思えんな。たまたま通過ルートに村があり、こいつに埋(う)め尽(つ)くされたために全滅(ぜんめつ)した。そんなとこだろう。とにかく、私はこのネウロイを微細(びさい)型と命名した」

「やはりな」

腕組みしていたハインリーケがあご先に指を当てる。

「っていうか、いちいちここに持ってくる必要あるのか?」

アドリアーナは、試験管からなるべく離れようと後ずさりした。

「活動しているの?」

ロザリーが屈んで試験管に顔を近づける。

「休止状態、といったところだな。だが、通常、ネウロイはコアが破壊されると消失する」

ドーセは指摘した。

「これのコアは、どこかで生きているということね」

ロザリーは屈んだ姿勢のまま、ドーセを振り返る。

「はいはい! で、そのネウロイ、どこにいるんですか~?」

那佳が手を挙げて質問する。

「知らん。そんなこと医者に聞くな」

もっともな回答である。

「村からの最初の通報以降、このネウロイに関する報告はない。村からそう遠くない場所に潜んでいるやも知れぬ」

　ハインリーケが代わりに答えた。

「その微細ネウロイの総数は？」

　と、質問したのはアドリアーナだ。

「総数という言葉より、総量の方が適切だろうが――」

　ドーセは黒板にチョークで計算式を書き始めた。

「公民館として使用されていた建物で発見された被害者97名は、すべてがほぼ同時に全身を覆われたと推察される。つまりその全員を覆うに足る量のネウロイはというと……少なく見積もっても、３ガロンというところだろう」

　ドーセは多分にどんぶり勘定の計算結果を、わざわざ X≧3gal と板書して発表する。

「コアの大きさも、その粒子に近いサイズなのか？」

　アドリアーナは続けて質問した。

「そこまでは分からん」

　ドーセは顔をしかめると、煙を吸い込んで付け足した。

「ただ、こちらに有利な点もある。これだけ小さいと、通常のネウロイには通用しない火炎も有効な攻撃手段となる」

「ほう、確かめたのか？」

ハインリーケが身を乗り出す。

「分析途中で、煙草を落としたら、燃えた」

「……結構やること雑」

イザベルが呆れて首を振った。

「放っとけ。まあ、とにもかくにも、この微細型が厄介であることに変わりはない」

「なあに、狭い場所に追い込んで一気に殲滅すればよいだけのことよ」

戦闘隊長ハインリーケは不敵な笑みを浮かべながらも、ふと、眉をひそめた。

「この件、あやつらにも知らせるのか？」

あやつらというのは、当然、『ガリアの子ら』のことだ。

「あっちでもサンプルの分析は行っているはずだから、隠しても無駄でしょう？　協力すべきよ」

「さすがだな、わらわならその決断、容易には下せぬ」

ハインリーケはふっと笑い、首を横に振る。

「ですよね～、同じ少佐っていっても人間の大きさが――」

うんうんと頷く那佳。

「ほう？」

ハインリーケはみなまで言わせず、那佳の鼻を摘み上げる。

「はいはい、そこまでよ。じゃれるのは後にして」

ロザリーは笑顔でふたりの間に割って入り、わざと茶化すように続けた。

「決断、できるようになってね。それも、なるべく急いで」

「少佐……」

ロザリーのウィッチとしての限界は近い。

自分はその後継者としての自覚を持つように促されたのだ。

ハインリーケはそのことを重く受け止め、真剣な面もちで見つめ返す。

と、その時。

「失礼します」

13号が、他の『ガリアの子ら』を引き連れてブリーフィング・ルームに入ってきた。

「司令部よりの命令です。この件は司令部に引き継がれることになりました。ドーセ医師による解剖所見を含めた全資料、および収容された遺体はこちらが引き取り、しかるべき施設に送ります」

13号はロザリーに告げた。

「しかるべき施設？」

首を捻ったのは那佳である。

「我々にはどこに運ばれるかを知る権利もないってことさ」

アドリアーナが那佳の肩に手を置きながら、13号をにらみつけた。

那佳たちはまだ知らなかったが、この時点で箝口令が敷かれ、セダン基地付きのクローディア・モーリアック記者も、外部との連絡を一切禁じられていた。

「そうご理解いただいて結構です」

13号は言ってのけると、ドーセに手を差し出す。

「それもいただきます」

ドーセはネウロイが入った試験管を差し出した。

「喜んで」

「ウィッチのみなさんは通常の任務に就いてください。我々『ガリアの子ら』が、村の周囲10キロ圏内から捜索を開始します」

13号は頷くと、他の少女たちにてきぱきと命令を下した。

「7号から12号はコアの捜索に参加。1号から6号は基地に待機」

「了解」

7〜12号の『ガリアの子ら』は、一斉に扉へと向かう。

「気をつけてね」

ロザリーが声をかけると、『ガリアの子ら』のうちのひとりが振り返った。

なかなか区別がつかないが、那佳の記憶によるとこの子は7号だ。

「ご懸念は無用かと。我々が全滅しても損耗は数日中に新たなる『ガリアの子ら』によって補填されます。ストライカーユニット1機の全損と比較しても軽微です」

7号はそう告げる。

「そんなことないのに」

イザベルが呟き、『ガリアの子ら』の後ろ姿を見送った。

「で、わらわたちは待機か？」

ハインリーケはやや不満そうな顔をロザリーに向ける。

「ネウロイが動いてからが、私たちの出番よ」

ロザリーはそう答え、窓越しに雨が降る空に目をやった。

『ガリアの子ら』は夜を徹して村の近郊を捜索したが、ネウロイのコアは発見できなかった。

そして長い夜が明けて。

「ん～、今日もいい日になりそう！」

雨は明け方までに止んでいた。

ぐっすりと眠った那佳は背伸びをして窓を開くと、身を乗り出して胸いっぱいに朝の澄み切った空気を吸い込んだ。

しかし――

遥か東の空は暗く、基地と外部を仕切る柵には漆黒のカラスが数羽まとまり、カアカアと鳴いている。

那佳の勘は、お世辞にも良いとは言えなかった。

那佳たちが通常の哨戒から戻り、ハインリーケが仮眠から目覚めた頃には、セダンを中心とするガリア東部は昨日の雨から一転した蒸し暑い夕方を迎えようとしていた。

「ふへ～、こんなに暑くなるなんて。洗濯しとけばよく乾いたのに」

ギラつく太陽をにらみ、額の汗をハンカチで拭きながら那佳は顔をしかめていた。

「そなたはそもそも、週に1度しか洗濯せぬだろうが？」

腕組みをしたハインリーケが指摘する。

「失礼な。10日に1度だよ」

「なお悪いわ！」

ハインリーケが声を荒らげたところで、基地内放送のスピーカーがキーンと音を立てた。

『みんな、ちょっとレーダー室に集まってちょうだい』

ロザリーの声に、那佳たちは顔を上げた。


「ついさっき、レーダー上にネウロイと思われる影が現れたの。例の村の南、約10キロの森の上空よ」

集合したウィッチたちを前に、ロザリーは状況を説明した。

「それが、レーダー上に現れたのは一瞬のことで。もしこれがネウロイなら、かなりの大型なんですが」

レーダー監視員の言葉は、あまり歯切れがいいとは言えない。

「ならば、先だっての微細型ネウロイではなさそうじゃの。わらわとしては、そちらも気になるのじゃが」

ハインリーケはレーダー画面を覗き込むが、現在のところそれらしきものは映っていない。

「判断に迷うってことは、例の通信妨害だったり？」

那佳が監視員に尋ねる。

この何か月か、ネウロイの出現とほぼ同時に通信障害が頻繁に起きていたことを踏まえての質問である。

ロザリーたちは当初、王党派の破壊工作を疑ったのだが、どうやらそうではないらしいことが『ガリアの子ら』からの情報で分かっている。

「今回は違います。おそらく低空を移動しているのかと」

監視員は答えた。

「少佐」

扉が開いて、新参の通信兵が入ってきて敬礼する。

「15分前に、国境地帯を巡回中の偵察部隊に確認を要請したのですが、それ以来連絡がありません」

「面白くないわね。みんな、出撃して」

ロザリーは一同に命じた。

「暑い日に出撃って、嫌ですよねえ」

目的地に向かって飛行を続けながら那佳はこぼした。

「炎天下のアフリカを飛ぶよりはマシだろ？」

そう返したアドリアーナは、那佳同様アフリカ戦線経験者だ。

「このくらいで暑がるのって、もしかして黒田さん、体脂肪増えてるんじゃないの？」

イザベルが尋ねる。

「うう、図星。おっかしいんだよね〜、デザートだってアイザック君に取られて食べてないのに？」

那佳が首を捻ると汗が周囲に飛び散った。

「お前な、その分、パンとか白米とか、ドカ喰いしてるだろうが？」

アドリアーナは、気がついていないのか、と呆れた目を向ける。

と、そこに。

『補給ポイントの設置、完了しました』

地上の『ガリアの子ら』からの連絡が入った。『ガリアの子ら』もいったん、微細型ネウロイの捜索を中断し、補給ポイントの設営に入っていたのである。

「みんな、お手伝いありがとね！」

那佳は13号たちに告げたが、返答はなく、通信は唐突に切られた。

「な、何か無視されちゃった。私、嫌われてたりして？」

那佳は涙目でみんなを振り返る。

だが。

「さもありなん」

「慣れるまでに時間がかかるんだよ、お前の性格」

「……どんまい」

この3人から、普通の慰めの言葉など返ってくるはずがない。

「……みんな、否定してくれないんですね？」

那佳はむしろ、こちらの3人との信頼関係が心配になってきた。

「そなたら、そろそろレーダーに反応のあった地点じゃ。お喋りは終わりじゃぞ」

ハインリーケが速度を落としながら周囲を見渡した。

「どこ、ネウロイ？　雲しか見えないけど？」

あたりは暗くなりつつあり、眼下は森。

那佳の視力で判別できる範囲にはそれらしき姿はない。

「あの中か？」

オレンジ色に染まる空を背景に、黒い雲が見える。

アドリアーナはフリーガーハマーを構え、そちらへ向かおうとする。

「待て！」

ハインリーケがアドリアーナに接近し、その腕（うで）をつかんだ。

「どうもあの雲、おかしゅう見えるのは、わらわだけか？」

「……いや。確かに何か変だ」

アドリアーナも目を細めて観察し、頷き返す。

「ねえ、あの雲、こっちに近づいてくるよ？」

イザベルの言うとおり。

積乱雲のような黒い雲は、ゆっくりとこちらに接近しつつあった。

「全機、あの雲と現在の距離（きょり）を保ちつつ後退」

ハインリーケは指示を出し、有効射程ギリギリから雲に向けてＭＧ１５１／２０のトリガーを絞（しぼ）った。

「よもやとは――」

弾丸（だんがん）が黒雲に飛び込むと、稲光（いなびかり）のような紫（むらさき）の輝（かがや）きが雲の中で発生した。

「……信じられぬ」

ハインリーケは息を呑む。

「ど、どういうこと？」

那佳が黒雲とハインリーケの横顔を交互に見た。

「あの雲自体がネウロイということじゃ」

「解剖した遺体の肺から検出された微細型ネウロイ、あれがああやって雲を作ってるってことか？」

「村を壊滅させたの、あのネウロイだね」

アドリアーナもイザベルも、自分たちが対峙しているものの正体に気がついた。

「って、どれだけの量!?　3ガロンってドーセ先生、言ってたよね!?　あれ、そんなもんじゃないでしょ!?」

「3ガロンは最低でもって話だ」

と、アドリアーナ。

「おそらく数万、ううん、数十、数百万だね。それが風に流されるみたいに動いてる」

イザベルの見立てはかなり適当だが、それ以下の量ということはないだろう。

「こちらウィトゲンシュタイン」

ハインリーケが基地に連絡を入れると、ややあってロザリーが応えた。

『ウィトゲンシュタイン少佐。あなたたちの現在位置と微細型ネウロイの相対的な位置関係を天気図と重ね合わせてみたわ』

「天気図じゃと？」

『ええ、低気圧の配置からの推測だけど、微細型ネウロイは風に乗って移動している可能性が高いわ。予想進路上には人口1000人以上の小都市もいくつかあるの』

「急がねばならぬということか」

『ええ、お願い』

「総員、攻撃開始！」

ハインリーケは命じ、自分もトリガーを絞った。

MG151／20に、フリーガーハマー、ボーイズ対装甲ライフルにMG42。

かなりの火力のはずだが、黒雲に変化は見られない。

「くっ！　通常の弾丸では大したダメージは与えられぬ！」

ハインリーケは弾倉を交換しながら呻いた。

「ロケット弾でも大して減らせたようには見えないぞ！」

アドリアーナも首を振るが、それでもMG42と比較すれば与えているダメージは大きい。

「……でも、あっち、ビーム撃ってこないよね!?」

那佳がふと気がついて、みんなに確認する。

「たぶんだけど――」

イザベルが呟くように言った。

「あれってただ移動してるだけじゃないの？」

あの小さな村でも、人間だけではなく小動物の類まで命を奪われていたが、建造物への被害は皆無だった。

「通りかかっただけで生物は窒息。迷惑な話じゃ」

ハインリーケが奥歯をぎっと噛みしめる。

「う〜、窒息は嫌だ〜」

那佳は心底嫌そうに顔を歪めた。

「どんな死に方だって、死ぬのは嫌だろ？」

と、アドリアーナが指摘したところで。

『こちら補給ポイント。火力の強いフリーガーハマーを用意しています。黒田中尉とバーガンデール少尉はこちらに装備の変更をお勧めします』

インカムに13号からの連絡が入った。

『グリュンネ少佐の指示で、人数分の火炎放射器も準備済みですが、こちらを使用します

か？』

「火炎放射器。使ったことない」

「飛びながら使えんのか？」

イザベルとアドリアーナが不安を口にした。

「ふうむ……取り敢えず、火炎放射器の使用は保留じゃな。黒田中尉、バーガンデール少尉！　補給ポイントへ向かえ！」

ハインリーケが決定を下す。

「「了解！」」

那佳とイザベルは旋回し、『ガリアの子ら』の許を目指した。

「ふたりが戻るまでは、わらわたちで！」

「了解！」

ハインリーケとアドリアーナは肩を並べるようにして黒雲に連射を浴びせる。

「接近戦は控えい！　気管や肺に入り込まれて窒息させられる！」

既に2つ目の弾倉を使い果たしたハインリーケは、弾倉を入れ替えつつ、黒雲からの回避行動を取る。

「はいはい、最期を看取るのが少佐だけなんて、こっちもお断りだって」

と、アドリアーナが軽く返したその時。

『こちらセダン！　進路上の都市に避難要請を出したわ！　ディジョンにも応援要請するから、それまでしのいで！』

インカムを通じ、ロザリーの声がハインリーケの耳に届いた。

「了解！」

ハインリーケはそう答えたが、黒雲の進行速度を弛めることに成功しつつあるとは言えない状況である。

せめてもの救いは、この微細型ネウロイが、最短距離にある大都市ランスを直接には目指していないことだ。

「……よもや、わらわがBの連中の到着を待ち焦がれることになるとはの」

皮肉な展開に、ハインリーケは苦笑を浮かべた。

＊　　＊　　＊

少しして。

ディジョンではロザリーからの要請を受け、今にもB部隊のウィッチたちが夜空に飛び立とうとしていた。

「ぱっぱらぱ～ん！　騎兵隊の出撃だ～！」

「活動停止で腕が鈍っていないかどうか、見てやろうじゃないか？」

　勇ましいのはカーラとマリアンのコンビ。

「そんな憎まれ口叩かなくってもいいのに」

　そのふたりを見てクスリと笑うのはジェニファーといういつもの構図だ。

「夜間の戦闘に加え、今回のネウロイは微粒子サイズらしい。油断するな」

　ジーナがハンガーに飛び乗り、ストライカーユニットを装着する。

　オオタカの羽が頭上にピョンと飛び出し、同時に魔導エンジンが出力を上げて光のプロペラが回転を始める。

「B部隊、全機発進！」

　と、ジーナが命じたその時。

『待て、中佐。今回の出撃は見合わせてもらう』

　インカムに聞き覚えのある声が飛び込んできた。

　リベリオン合衆国駐ガリア大使の声である。

　司令部を通じてではなく、大使館からの指示というのはB部隊の性格上、珍しいことではない。

ただ、大使自ら、それも出撃直前にというのはかなり異例のことだ。

「……どういうことです？」

そう問いを返しながらも、ジーナは滑走路を進み、徐々に高度を上げる。

もちろん、他のウィッチたちも同様だ。

『情勢は刻々と変化している、ということだよ。ガリアの某ストライカーユニット製作会社とリベリオンの大手魔導エンジン・メーカーの間で、共同開発の話が秘密裏に進行していてね。その製作会社の経営責任者が――』

「王党派」

ジーナはギリッと奥歯を噛みしめる。

『君は呑み込みが早くて助かる。とにかく、今回は貴族様たちに花を持たせるべきだと本国が判断を下したのだよ』

大使はおそらく、その大手魔導エンジン・メーカーとやらの株主に違いない。共同開発が軌道に乗れば、何万ドルという大金を手にすることだろう。

「仮にA部隊が全滅、ということになれば、我々の責任が問われますが？」

普段、あまり感情を表に出さないジーナでさえ、大きく1回深呼吸をしてからでないと言葉を続けることはできなかった。

『おいおい、脅かさないでくれたまえ。まあ、そこまで君が言うのなら、後方援護か物資の補給の名目で、こちらのウィッチを送り込むことは許そう。ただし、2名までだ。これは我々としても苦渋の決断なのだ。理解して欲しい』

「了解」

ジーナは通信を切ると、速度を落として仲間を振り返った。

「今の、どういうことです⁉」

真っ先に詰め寄ったのはマリアンである。

「聞いての通りだ。救援に向かえるのは2名のみという――」

と、説明するジーナを遮るように。

「ひとりは私で決定～っ！」

カーラが拳を突き上げながら名乗り出た。

ともすれば無力感に苛まれそうな状況で、こういう性格の仲間がいることは実にありがたいとジーナは心から思う。

「こら！　何でお前が決める⁉　これは中佐が判断することだろう⁉」

マリアンは向きを変えて今度はカーラに詰め寄った。

「早い者勝ちで」

と、ジーナ。

「じゃあ、私が」

マリアンがカーラとやり合っている隙を突くように、ジェニファーが怖ず怖ずと手を挙げる。

「決定」

ジーナは頷いた。

「ちょ、ちょ、ちょっと待ってください、隊長！　これ、おかしいでしょ⁉」

「大尉、私と君は居残り決定だ」

実は。

もともと、王党派から何らかの妨害工作があった場合、応援に出撃させるメンバーの優先順位はジーナとロザリーの間で取り決めてあった。

ナイトウィッチであることに加え、冷静に状況判断を下せる資質を持つジェニファー。

次に、臨機応変に行動できるカーラ。

残念ながら、いまだ貴族へのわだかまりが抜けないマリアンは順位的には最後である。

「だ〜っ！　最悪だ！」

とはいえ、マリアンは髪(かみ)を掻(か)きむしった。

「この埋(う)め合わせはする。次の任務は大尉(たいい)に任せる」

そんなマリアンを慰(なぐさ)めるように、ジーナが肩を叩く。

「ほんとですか⁉　きっとですよ！」

マリアンは期待の目でジーナを見つめた。

「必ずだ」

ジーナは頷き返す。

幸いなことに――

マリアンはまだ知らなかった。

次の任務が、日用雑貨の街への買い出しであることを。

＊　　＊　　＊

「また弾切(たまぎ)れ！」

那佳とイザベルは補給ポイントから戻ったが、ものの数分でイザベルはフリーガーハマーの全弾(ぜんだん)を撃(う)ち尽(つ)くしていた。

さらに問題なのは、これだけの攻撃(こうげき)にさらされているにも拘(かか)わらず、黒雲が小さくなっているようには全く見えないことである。

おそらく、通常のネウロイが装甲(そうこう)を再生するように、このネウロイも再生、増殖(ぞうしょく)を繰(く)り返しているのだ。

「少尉、補給ポイントに戻れ！」

すっかり暗くなった星空の下(もと)、魔導針を頭上に展開したハインリーケが再び命じた。

「ちっ、こっちもだ！　私もいったん戻る！」

と、こちらもロケット弾を使い果たしたアドリアーナ。

「…………」

イザベルは戻ることを躊躇(ためら)う。ハインリーケも残弾が少なく、那佳だけでは難しい状況であることは間違(まちが)いないからだ。

「まだ対装甲ライフルもあるし――」

対装甲弾は、通常のライフル弾よりは高い破壊(はかい)力がある。

もう少しは粘(ねば)れるはずだ。

だが。

「私が囮(おとり)になるよ！　その間に！」

那佳はハインリーケの命令を待たず、ネウロイの黒雲との距離を詰めていった。

「黒田中尉、あまり無茶をするな！　ええい、ふたりは補給じゃ！」

ハインリーケは那佳を追いつつ、イザベルたちに命令する。

「持ち堪えろよ！」

「……うん。急いで戻るから」

アドリアーナとイザベルは旋回し、魔導エンジンの出力を限界まで上げて補給ポイントに向かった。

「相手は大きいけど、動きは遅いよね!?　……って、ほんとはちっちゃいんだっけ？」

那佳は黒雲の正面から反時計回りに北側に向かい、黒雲の注意――そうしたものが存在すれば、の話だが――を引こうとする。

だが――

突然、今までじわじわと前進を続けるだけだった黒雲が、速度を上げて那佳の眼前で四方に大きく広がった。

「あわわわわっ!?」

那佳は慌てて接近を止め、戻ろうとするが――

「黒田中尉！」

ハインリーケの眼前で、薄膜のようになった黒雲が那佳を包み込んだ。

「！」

那佳はとっさに目を閉じ、武器を捨てて口と鼻を手で覆った。

露出している肌のすべてを黒い粒子が覆い、ストライカーユニットの魔導エンジンが停止した。

「黒田っ！」

ハインリーケが悲痛な叫び声を上げる。

那佳は真っ逆様に急降下し、眼下の森へと消えていった。


大きな音とともに、水柱が盛大に上がった。

幸運なことに。

那佳が墜落したのは、森の中を流れる川だったのだ。

水中に体が沈むと同時に、微細型ネウロイが剝がれ落ちる。

「…………ぶはっ！」

一瞬、意識が飛んだが、那佳はすぐに気がつき、顔だけを水面に出して空気を肺いっぱいに吸い込んだ。

あたりを見渡すと、水面に浮かぶ微細型ネウロイが、僅かな光を発しながら消失していくのが見て取れた。

「ネウロイは水に弱いって言うけど、雲の塊を川に沈めるわけにもいかないし……」

ぼやきながらも魔力を込めると、整備班の技術の賜物か、幸い魔導エンジンは再起動した。

那佳は再び、空へと舞い上がる。

「このうつけ者が！　心配をかけるでないわ！」

上空ではハインリーケの叱咤が待っていた。

「息もつかせぬ展開だったもんで——なんちゃって～」

ヘラヘラ顔で頭を掻く那佳だったが、場所もタイミングも悪かった。

「……ほう、ネウロイよりも先に撃墜せねばならぬ蠅がおるようじゃな？」

ハインリーケは空いている左の拳に息を吹きかけた。

「ちょ、ちょっと！　冗談ですってば！」

那佳は慌ててハインリーケとの間に距離を取る。

と、そこにようやく——

「待った？」

「予備のロケット弾、持てるだけ持ってきたぞ！」

イザベルとアドリアーナが、補給ポイントから戻ってきた。

「ただ、これだけあっても奴（やつ）らを全滅させられるかどうか――」

アドリアーナの表情は浮かない。微細型ネウロイの集合体は、戦闘（せんとう）開始前とほとんど変わらない規模を保っているからだ。

「コアを狙（ねら）うしかあるまい」

ハインリーケは巨大（きょだい）な黒雲を見渡す。

「てことは、あの中に飛び込むんですよね？」

那佳がゴクリと唾（つば）を呑（の）み込む。

「一撃（いちげき）必殺。飛び込むのはひとりでよい」

ハインリーケは３人を振り返る。

「そなたらは待機じゃ」

「あれだけの大きさだぞ！　お前だけでコアを見つけられるかよ！」

アドリアーナが詰め寄った。

「わらわが仕損じたら、そなたが続け……戦闘隊長」

ハインリーケは微笑（ほほえ）みを浮かべる。

「ふざけるな！　ハインリーケ・プリンツェシン・ツー・ザイン・ウィトゲンシュタイン！　生まれたときから問題だらけのこの部隊を、グリュンネ少佐が守ってきたんだ。それを託されたのがお前なんだ！　だから、私はお前に背中を預ける。それを、そのことを軽々しく放り出すんじゃない！」

　アドリアーナは思わずハインリーケの胸ぐらをつかんでいた。

　と、その時。

　南の雲間から、ふたつの影が姿を見せ、那佳たちを目指して直進してきた。

「まいど～、Ｍ２火炎放射器の出前で～す！」

　カーラが一同に笑いかける。

「お、お待たせしました」

　と、頭を下げるジェニファー。自分の分も含め、カーラとジェニファーは３人分のＭ２を抱えていた。

「遅いぞ！　ジョン・フォードの映画に出てくる騎兵隊かよ！」

　アドリアーナはカーラと拳を打ち合わせた。

「援軍、感謝する！」

　天敵のマリアンがいないせいもあってか、ハインリーケも珍しく素直に感謝の言葉を述べる。

「あれが……ネウロイなんですか？」

ジェニファーは黒雲を見つめ、息を呑んだ。

「うわあ、あれって、火炎放射器でどうにかなる規模じゃないような？」

「こちらも火炎放射器は選択肢から外したのじゃが――」

ハインリーケは黒雲とジェニファーたちが抱える火炎放射器を見比べ、かすかに眉をひそめた。

「……そうか、その手があったか」

「へ？　どの手です？」

那佳は自分の両手を見比べる。

「何とかと武器は使いようということじゃ！」

「いや、その何とかのところでこっちを見ないで欲しいんですけど？」

「デ・ブランク大尉、全員分の火炎放射器を集めてくれ！」

「お、おい！　使わないんじゃなかったのか、火炎放射器？」

戸惑う様子を見せたのはアドリアーナである。

「黙ってみておれ。デ・ブランク大尉、そなたの夜間レーダーで最もネウロイの密度が高いところを割り出し、そこへこれを投げ込んでくれ」

「りょ、了解です」

高度を上げ、ネウロイ雲の上空に達したジェニファーは、ストラップを利用して乱雑にまとめられた火炎放射器を投下する。

「風向き……距離……これで良いと思います」

「うむ……こちらの魔導針でもとらえた」

ハインリーケはMG151／20を構え、落下中の火炎放射器に狙いを定める。

ひとまとめになっているとはいえ、大人1人分程度のサイズしかない火炎放射器に銃弾を命中させるのは至難の業だ。

「月のある夜で助かったの……」

ハインリーケは慎重に引き金を絞る。

MG151／20に照明弾を装塡すると、放物線を描き、黒雲に吸い込まれてゆく火炎放射器に狙いをつけてトリガーを絞る。

MG151／20から放たれた曳光弾がネウロイの雲へ吸い込まれるように光の軌跡を残すと、続いて薄殻榴弾の炸裂した破片が火炎放射器の燃料タンクを切り裂く。引火したゲル状燃料は凄まじい爆発を起こし、周囲のネウロイを巻き込んだ。爆発は連鎖し黒雲を蝕むように広がってゆく。

光の軌跡を描いた照明弾は火炎放射器に命中すると、凄まじい爆発を起こし、周囲のネウロイを巻き込んだ。爆発は連鎖し黒雲を蝕むように広がってゆく。

「粉塵爆発……！　これが狙いか」

「ほう、ヴィスコンティ大尉、よく知っておるな。わらわも戦術に組み込むのは初めてゆえ、うまくいくかどうかは賭けじゃったが……」

黒かった雲状のネウロイの群れは、今や全体が大きな炎の塊となった。

「コア、あれでしょうか!?」

ジェニファーが、燃え上がる黒雲の中に白く輝くものが顕わになったのを発見した。

「まさしく!!」

ハインリーケは白く輝く一点にＭＧ１５１／２０の照準を合わせる。

「これがとどめじゃ！」

必殺の一弾が、輝くコアに命中した。

一呼吸置いて、コアはひときわ強い光を放って爆砕される。

そして、その輝きから外に向かって残りの微細型ネウロイも、光の粒へと変化していった。

「やった……の？」

「全部消えたかも」

カーラとイザベルが顔を見合わせる。

「たぶ……ん？」

那佳の目には、半分ほどは銀色の粒子と化して消失したが、残りはただ四散しただけのようにも見えた。

（そんな訳ないよね？　コアは破壊したんだし）

那佳はそう、自分に言い聞かせた。

『みんな、ご苦労様』

インカムからロザリーの労いの言葉が聞こえてきた。

『デ・ブランク大尉も、ルクシック中尉も、よかったら帰りにこっちに寄って。コーヒーをおごるわ』

「できれば、プディング付きで」

と、ちゃっかりしているのはもちろんカーラ。

その隣ではジェニファーがため息をついている。

そこにさらに。

『お疲れさまでした。我々はこれより報告書作成のための現場検証に入ります』

補給ポイントの13号からの連絡が入った。

「了解した。ご苦労」

と、ハインリーケ。

『いえ、任務ですので』

13号はいつものように素っ気なく会話を終えた。

(やれやれ、ディジョンとの交渉に、戦闘予想空域下への避難要請、それにあの愛想のない『ガリアの子ら』への指示。隊長ともなれば、最前線で戦う以外にも問題は山積、グリュンネ少佐がぎっくり腰になるのも頷けるわい)

「さあ、任務完了じゃ！　帰投する！」

ハインリーケは宣言し、ウィッチたちは一路、セダンを目指した。


そして。

「まだコアが残っているはず。探して」

ハインリーケとの通話を終えてしばらく経った頃。

13号は、『ガリアの子ら』独自の周波数で1号から12号に命じていた。

那佳たちが破壊したコアはひとつ。

　だが、コアはふたつ、もしくはそれ以上あると、13号は分析していた。

　何故なら——

　13号のポケットには、ドーセが遺体の肺から採取した微細型ネウロイ入りの試験管があったからだ。

　試験管内の微細型ネウロイは、依然、その姿を保ち、光の粒と化して消滅してはいない。

　つまり、このネウロイのコアは生きているということだ。

　ほとんどの微細型ネウロイは焼き尽くされ、反撃する力は残っていないだろう。

　だから今は、コアを中心に増殖を繰り返し、反撃の時を待っているはずだ。

「この命令は、あらゆる命令に優先する。繰り返す、この命令はあらゆる命令に優先する」

「了解」

『ガリアの子ら』のシルエットは闇に溶け込んだ。

抜け得ぬ闇

13号がセダンに帰還したのは、深夜になってからだった。

「どこに行ってたの？　みんな心配したんだよ？」

宿舎の前に立っていた那佳が、13号に声をかける。

「申し訳ありません。ウィッチのみなさんより先に帰投していたのですが、気の緩みか、連絡を忘れて私物の購入に市街に出向いていました。叱責は甘んじて受ける覚悟です」

13号は敬礼した。

「もう、少佐はそんなことしないよ。あ、今言ったの、名誉隊長の方の少佐ね。戦闘隊長の方の少佐は……するかも知れないけど。うん、私が13号ちゃんと同じことしたら、確実にする」

那佳は笑う。

「……何故、軍規違反を笑うのです？」

那佳の笑みを見て、13号は眉をひそめた。

「いやあ、13号ちゃんも気が緩んだりするんだなあって思って」

「用がなければ失礼します」

13号は那佳の横をすり抜けて、自室に戻ろうとする。

「私物の購入って、お買い物だよね？　楽しかった？」

那佳は13号の前に回り込んだ。

「はい」

13号は頷き、早足で廊下を進む。

「何買ったの？　私物っていうと歯ブラシとか？」

那佳は、13号が肩から下げている革カバンを覗こうとした。

「いいえ」

13号は半身になって、那佳から革カバンを隠す。

「あ〜っ！　高いお菓子、隠してるんでしょ？　でもって、夜中にひとりで食べようとしてるんだ！」

那佳は革カバンに手を伸ばす。強引に中身を覗く気、満々だ。

「違います。統計学の本です」

13号はピシャリと那佳の手の甲を叩いた。

「と〜けいがく？　……うわぁ、美味しくなさそ」

那佳は途端に興味を失ったようだった。

「もう、よろしいですね？」

「うん。でも、今度は一緒に行こうね」

那佳は早足で部屋に向かう13号の背中に、そう声をかけた。


「誰も近づけるな」

自室に戻った13号は『ガリアの子ら』にそう命じると、革カバンをそっと床に置き、中からガラス・ケースを取りだした。


微細型ネウロイのコアを確保しました。


タイプライター式の暗号機を机に置き、教授へとメッセージを伝える。

教授はこの連絡を待っていたようで、5分ほどで返信が来た。

了解（りょうかい）した。

どこの研究所に送るかは、追って連絡する。

「これがガリアを世界の覇者（はしゃ）にする。……ガリア、我が喜び」

13号は卓上（たくじょう）の白熱灯のスイッチを入れ、その灯（あか）りにガラス・ケースをかざした。

ガラス・ケースの内側では、直径1インチほどの銀色のコアが、つかの間の眠（ねむ）りに就（つ）いているかのように静かに脈打っていた。

To be continued?

あとがき
POSTSCRIPT

NOBLE WITCHES
Shimoda Hurricane & Project World Witches

ノーブルウィッチーズ６巻、無事発刊できました。まず大きなトピックとして、ドラマＣＤ付限定版において、５０６部隊全員にボイスがつきました。シリーズ開始当初は夢のような話でしたが、応援・ご購入いただいた皆様のおかげです。感謝です。

初めて本編、ドラマＣＤともカバーイラストに那佳がいないという構図になったのですが、これも順調に巻を重ねて、６巻ともなればそろそろ大丈夫だろうという考えからです。前巻からグリュンネとハインリーケの隊長代替わりが意識された構成になっているので、この巻ではその二人をフィーチャーしています。

ドラマＣＤでは西部劇パロディ的に。女性のスーツとかジャケット姿もかっこよくて好きです。本編ではいよいよ部隊内部に王党派勢力が食い込み、またネウロイの利用を思わせるきな臭い展開となってまいりました。どうなる５０６。続刊も楽しみにしていただければ。

島田フミカネ

あとがき
POSTSCRIPT

NOBLE WITCHES
Shimada Humikane & Projekt World Witches

ヒマなときにはお金がない。

ヒマがないときでもお金がない。

有り余ってるのは体力だけ（ＲＰＧの壁役か？）。

うう、たまに旅行に行きたいなあ、本屋回って資料集めもしたいし……。

まあ、それはさておき。

なんやかんやで、もう６巻です。

今回、やっとハインリーケが昇進しました。

そろそろ劇場版とつながってくる感じですねえ。

となると……やっぱ、旅行には当分、行けそうもないか。真夏のイタリアあたりで、美術（美女？）鑑賞したいんだけど。

南房秀久

今日も平和なB部隊
ノーブルウィッチーズ
NOBLE WITCHES
506部隊発進しますっ!
漫画／藤林一真
原作／島田フミカネ＆
Projekt World Witches

化け猫こわい～
お化けこわい…
まさか姫様にあんな弱点が…
という訳で脅かそうか!
という訳?

ガリア上層が姫様の弱点をつく前に僕達が克服してあげようってね!
なるほど…わかりました
協力しま
しま

ぶっとい釘をさされたじゃないですか!
おどかしたら許さぬ
何か大きな名目がないと!
ふーこれは姫様の為だし
へ?

どっちなの?
言い切ってって
なにその手?
しま!
あ
まさか協力費を!
ま!!!

有利ジョイン

「壁との僅かな隙間に薄い人がのう！」

最悪少尉おぬしでも

あんな怖くない話にしたのも！

ノーブルウィッチーズ6
第506統合戦闘航空団 疑心！

原作　島田フミカネ＆Projekt World Witches
著　南房秀久

角川スニーカー文庫　20285

2017年5月1日　初版発行

発行者　三坂泰二

発　行　株式会社KADOKAWA
〒102-8177 東京都千代田区富士見2-13-3
電話　0570-002-301（ナビダイヤル）

印刷所　株式会社暁印刷
製本所　株式会社ビルディング・ブックセンター

KADOKAWA　カスタマーサポート
［電話］0570-002-301（土日祝日を除く10時～17時）
［WEB］http://www.kadokawa.co.jp/（「お問い合わせ」へお進みください）
※製造不良品につきましては上記窓口にて承ります。
※記述・収録内容を超えるご質問にはお答えできない場合があります。
※サポートは日本国内に限らせていただきます。

Printed in Japan　ISBN 978-4-04-105176-4　C0193

★ご意見、ご感想をお送りください★
〒102-8078 東京都千代田区富士見 1-8-19
株式会社KADOKAWA　角川スニーカー文庫編集部気付
「南房秀久」先生
「島田フミカネ」先生 ／「飯沼俊規」先生

角川文庫発刊に際して

角　川　源　義

第二次世界大戦の敗北は、軍事力の敗北であった以上に、私たちの若い文化力の敗退であった。私たちの文化が戦争に対して如何に無力であり、単なるあだ花に過ぎなかったかを、私たちは身を以て体験し痛感した。西洋近代文化の摂取にとって、明治以後八十年の歳月は決して短かすぎたとは言えない。にもかかわらず、近代文化の伝統を確立し、自由な批判と柔軟な良識に富む文化層として自らを形成することに私たちは失敗して来た。そしてこれは、各層への文化の普及滲透を任務とする出版人の責任でもあった。

一九四五年以来、私たちは再び振出しに戻り、第一歩から踏み出すことを余儀なくされた。これは大きな不幸ではあるが、反面、これまでの混沌・未熟・歪曲の中にあった我が国の文化に秩序と確たる基礎を齎らすためには絶好の機会でもある。角川書店は、このような祖国の文化的危機にあたり、微力をも顧みず再建の礎石たるべき抱負と決意とをもって出発したが、ここに創立以来の念願を果すべく角川文庫を発刊する。これまで刊行されたあらゆる全集叢書文庫類の長所と短所とを検討し、古今東西の不朽の典籍を、良心的編集のもとに、廉価に、そして書架にふさわしい美本として、多くのひとびとに提供しようとする。しかし私たちは徒らに百科全書的な知識のジレッタントを作ることを目的とせず、あくまで祖国の文化に秩序と再建への道を示し、この文庫を角川書店の栄ある事業として、今後永久に継続発展せしめ、学芸と教養との殿堂として大成せんことを期したい。多くの読書子の愛情ある忠言と支持とによって、この希望と抱負とを完遂せしめられんことを願う。

一九四九年五月三日